Der Schneidermeister Hediger in Zürich war in dem Alter, wo der fleißige Handwerksmann schon anfängt, sich nach Tisch ein Stündchen Ruhe zu gönnen. So saß er denn an einem schönen Märztage nicht in seiner leiblichen Werkstatt, sondern in seiner geistigen, einem kleinen Sonderstübchen, welches er sich seit Jahren zugeteilt hatte. Er freute sich, dasselbe ungeheizt wieder behaupten zu können; denn weder seine alten Handwerkssitten, noch seine Einkünfte erlaubten ihm, während des Winters sich ein besonderes Zimmer erwärmen zu lassen, nur um darin zu lesen. Und das zu einer Zeit, wo es schon Schneider gab, welche auf die Jagd gehen und täglich zu Pferde sitzen, so eng verzahnen sich die Übergänge der Kultur ineinander.

Meister Hediger durfte sich aber sehen lassen in seinem wohlaufgeräumten Hinterstübchen. Er sah fast eher einem amerikanischen Squatter, als einem Schneider ähnlich; ein kräftiges und verständiges Gesicht mit starkem Backenbart, von einem mächtigen kahlen Schädel überwölbt, neigte sich über die Zeitung „Der schweizerische Republikaner" und las mit kritischem Ausdrucke den Hauptartikel. Von diesem „Republikaner" standen wenigstens fünfundzwanzig Foliobände, wohl gebunden, in einem kleinen Glasschranke von Nußbaum, und sie enthielten fast nichts, das Hediger seit fünfundzwanzig Jahren nicht mit erlebt und durchgekämpft hatte. Außerdem stand ein „Rotteck" in dem Schranke, eine Schweizergeschichte von Johannes Müller und eine Handvoll politischer Flugschriften und dergleichen; ein geographischer Atlas und ein Mäppchen voll Karikaturen und Pamphlete, die Denkmäler bitter leidenschaftlicher Tage, lagen auf dem untersten Brette. Die Wand des Zimmerchens war geschmückt mit den Bildnissen von Kolumbus, von Zwingli, von Hutten, Washington und Robespierre; denn er verstand keinen Spaß und billigte nachträglich die Schreckenszeit. Außer diesen Welthelden schmückten die Wand noch einige schweizerische Fortschrittsleute mit der beigefügten Handschrift in höchst erbaulichen und weitläufigen Denksprüchen, ordentlichen kleinen Aufsätzchen. Am Bücherschrank aber lehnte eine gut im Stand gehaltene, blanke Ordonnanzflinte, behängt mit einem kurzen Seitengewehr und einer Patrontasche, worin zu jeder Zeit dreißig scharfe Patronen steckten. Das war s e i n Jagdgewehr, womit er nicht auf Hasen und Rebhühner, sondern auf Aristokraten und Jesuiten, auf Verfassungsbrecher und Volksverräter Jagd machte. Bis jetzt hatte ihn ein freundlicher Stern bewahrt, daß er noch kein Blut vergossen, aus Mangel an Gelegenheit; dennoch hatte er die Flinte schon mehr als einmal ergriffen und war damit auf den Platz geeilt, da es noch die Zeit der

Putsche war, und das Gewehr mußte unverrückt zwischen Bett und Schrank stehen bleiben; „denn", pflegte er zu sagen, „keine Regierung und keine Bataillone vermögen Recht und Freiheit zu schützen, wo der Bürger nicht imstande ist, selber vor die Haustür zu treten und nachzusehen, was es gibt!"

Als der wackere Meister mitten in seinem Artikel vertieft war, bald zustimmend nickte und bald den Kopf schüttelte, trat sein jüngster Sohn Karl herein, ein angehender Beamter auf einer Regierungskanzlei. „Was gibt's?" fragte er barsch; denn er liebte nicht in seinem Stübchen gestört zu werden. Karl fragte, etwas unsicher über den Erfolg seiner Bitte, ob er des Vaters Gewehr und Patrontasche für den Nachmittag haben könne, da er auf den Drillplatz gehen müsse.

„Keine Rede, wird nichts daraus!" sagte Hediger kurz. „Und warum denn nicht? Ich werde ja nichts daran verderben!" fuhr der Sohn kleinlaut fort und doch beharrlich, weil er durchaus ein Gewehr haben mußte, wenn er nicht in den Arrest spazieren wollte. Allein der Alte versetzte nur um so lauter: „Wird nichts daraus! Ich muß mich nur wundern über die Beharrlichkeit meiner Herren Söhne, die doch in andern Dingen so unbeharrlich sind, daß keiner von allen bei dem Berufe blieb, den ich ihn nach freier Wahl habe lernen lassen! Du weißt, daß deine drei älteren Brüder der Reihe nach, sowie sie zu exerzieren anfangen mußten, das Gewehr haben wollten und daß es keiner bekommen hat! Und doch kommst du nun auch noch angeschlichen! Du hast deinen schönen Verdienst, für niemand zu sorgen — schaff dir deine Waffen an, wie es einem Ehrenmanne geziemt! Dies Gewehr kommt nicht von der Stelle, außer wenn ich es selbst brauche!"

„Aber es ist ja nur für einige Male! Ich werde doch nicht ein Infanteriegewehr kaufen sollen, da ich nachher doch zu den Scharfschützen gehen und mir einen Stutzer zutun werde!"

„Scharfschützen! Auch schön! Woher erklärst du dir nur die Notwendigkeit, zu den Scharfschützen zu gehen, da du noch nie eine Kugel abgefeuert hast? Zu meiner Zeit mußte einer schon tüchtig Pulver verbrannt haben, eh' er sich dazu melden durfte; jetzt wird man auf geratwohl Schütz, und Kerle stecken in dem grünen Rock, welche keine Katze vom Dach schießen, dafür aber freilich Zigarren rauchen und Halbherren sind! Geht mich nichts an!"

„Ei", sagte der Junge fast weinerlich, „so gebt es mir nur dies e i n e Mal; ich werde morgen für ein anderes sorgen, heut kann ich unmöglich mehr!"

„Ich gebe", versetzte der Meister, „meine Waffe niemand, der nicht damit umgehen kann; wenn du regelrecht das Schloß dieser Flinte abnehmen und auseinander legen kannst, so magst du sie nehmen; sonst aber bleibt sie hier!" Und er suchte aus einer Lade einen Schraubenzieher hervor, gab ihn dem Sohn und wies ihm die Flinte an. Der versuchte in der Verzweiflung sein Heil und begann die Schloßschrauben loszumachen. Der Vater schaute ihm spöttisch zu; es dauerte nicht lange, so rief er: „Laß mir den Schraubenzieher nicht so ausglitschen, du verdirbst mir die ganze Geschichte! Mach die Schrauben eine nach der andern halb los und dann erst ganz, so geht's leichter! So, endlich!" Nun hielt Karl das Schloß in der Hand, wußte aber nichts mehr damit anzufangen und legte es seufzend hin, sich im Geiste schon im Strafkämmerchen sehend. Der alte Hediger aber, einmal im Eifer, nahm jetzt das Schloß, dem Sohn eine Lektion zu halten, indem er es erklärend auseinander nahm.

„Siehst du", sagte er, „zuerst nimmst du die Schlagfeder weg mittelst dieses Federhakens — auf diese Weise; dann kommt die Stangenfederschraube, die schraubt man nur halb aus, schlägt so auf die Stangenfeder, daß der Stift hier aus dem Loch geht; jetzt nimmst du die Schraube ganz weg. Jetzt die Stangenfeder, dann die Stangenschraube, die Stange; jetzo die Studelschraube und hier die Studel; ferner die Nußschraube, den Hahn und endlich die Nuß; dies ist die Nuß! Reiche mir das Klauenfett aus dem Schränklein dort, ich will die Schrauben gleich ein bißchen einschmieren!"

Er hatte die benannten Gegenstände alle auf das Zeitungsblatt gelegt, Karl sah ihm eifrig zu, reichte ihm auch das Fläschchen und meinte, das Wetter habe sich günstig geändert. Als aber sein Vater die Bestandteile des Schlosses abgewischt und mit dem Öle frisch befeuchtet hatte, setzte er sie nicht wieder zusammen, sondern warf sie in den Deckel einer kleinen Schachtel durcheinander und sagte: „Nun, wir wollen das Ding am Abend wieder einrichten; jetzt will ich die Zeitung fertig lesen!"

Getäuscht und wild ging Karl hinaus, sein Leid der Mutter zu klagen; er fühlte einen gewaltigen Respekt vor der öffentlichen Macht, in deren Schule er nun ging als Rekrut. Seit er der Schule entwachsen, war er nicht mehr bestraft worden, und auch dort in den letzten Jahren nicht mehr; nun sollte das Ding auf einer höheren Stufe wieder angehen, bloß weil er sich auf des Vaters Gewehr verlassen hatte.

Die Mutter sagte: „Der Vater hat eigentlich ganz recht! Alle vier Buben habt ihr einen bessern Erwerb, als er selbst, und das vermöge der Erziehung, die er euch gegeben hat; aber nicht nur braucht ihr den letzten Heller für euch selbst, sondern ihr kommt immer noch den Alten zu plagen mit Entlehnen von allen möglichen Dingen: schwarzer Frack, Perspektiv, Reißzeug, Rasiermesser, Hut, Flinte und Säbel; was er sich sorglich in Ordnung hält, das holt ihr ihm weg und bringt es verdorben zurück. Es ist, als ob ihr das ganze Jahr nur studiertet, was man noch von ihm entlehnen könne; er hingegen verlangt nie etwas von euch, obgleich ihr das Leben und alles ihm zu danken habt. Ich will dir für heut noch einmal helfen!"

Sie ging hierauf zum Meister Hediger hinein und sagte: „Lieber Mann! Ich habe vergessen, dir zu sagen, daß der Zimmermeister Frymann hat berichten lassen, die Siebenmännergesellschaft komme heut zusammen und es seien Verhandlungen, ich glaube etwas Politisches!" — „So?" sagte er sogleich angenehm erregt, stand auf und ging hin und her; „es nimmt mich wunder, daß Frymann nicht selbst gekommen ist, um vorläufig mit mir zu reden, Rücksprache zu nehmen?" Nach einigen Minuten kleidete er sich rasch an, setzte den Hut auf und entfernte sich mit den Worten: „Frau, ich gehe gleich jetzt fort, ich muß wissen, was es gibt! Bin auch dies Frühjahr noch keinen Tritt im Freien gewesen, und heut ist's so schön! Also adieu denn!"

„So! nun kommt er vor zehn Uhr nachts nicht mehr!" lachte Frau Hediger und forderte Karl auf, das Gewehr zu nehmen, Sorg zu tragen und es rechtzeitig wieder zu bringen. „Ja nehmen!" klagte der Sohn, „er hat ja das Schloß auseinander getan, ich kann es nicht herstellen." — „So kann ich es!" rief die Mutter und ging mit dem Sohn in das Stübchen. Sie kippte den Deckel um, in welchem das zerlegte Schloß lag, las die Federn und Schrauben auseinander und begann sehr gewandt, sie zusammen zu fügen.

„Wo zum Teufel habt Ihr das gelernt, Mutter?" rief Karl ganz verblüfft. „Das hab' ich gelernt", sagte sie, „in meinem väterlichen Hause! Dort hatten der Vater und meine sieben Brüder mich abgerichtet, ihnen ihre sämtlichen Büchsen und Gewehre zu putzen, wenn sie geschossen hatten. Ich tat es oft unter Tränen, aber am Ende konnte ich mit dem Zeug umgehen wie ein Büchsenmachergesell. Auch hieß man mich im Dorfe nur die Büchsenschmiedin, und ich hatte fast immer schwarze Hände und einen schwarzen Nasenzipfel. Die Brüder verschossen und verjubelten Haus und Hof, so daß ich armes Kind froh sein mußte, daß mich der Schneider, dein Vater, geheiratet hat."

Während dieser Erzählung hatte die geschickte Frau wirklich das Schloß zusammengesetzt und am Schafte befestigt. Karl hing die glänzende Patrontasche um, nahm das Gewehr und eilte spornstreichs auf den Exerzierplatz, wo er noch mit knapper Not anlangte, ohne zu spät zu kommen. Nach sechs Uhr brachte er die Sachen wieder zurück, versuchte nun selbst das Schloß auseinander zu nehmen und legte dessen Bestandteile wieder in den Schachteldeckel, wohl durcheinander gerüttelt.

Nachdem er sein Abendbrot verzehrt und es darüber dunkel geworden, ging er an die Schifflände, mietete ein Schiffchen und fuhr längs den Ufern hin, bis er vor die Plätze am See gelangte, welche teils von Zimmerleuten, teils von Steinmetzen benutzt wurden. Es war ein ganz herrlicher Abend; ein lauer Südwind kräuselte leicht das Wasser, der Vollmond erleuchtete dessen ferne Flächen und blitzte hell auf den kleinen Wellen in der Nähe, und am Himmel standen die Sterne in glänzend klaren Bildern; die Schneeberge aber schauten wie bleiche Schatten in den See herunter, fast mehr geahnt als gesehen; der industriöse Schnickschnack, das Kleinliche und Unruhige der Bauart hingegen verschwand in der Dunkelheit und wurde durch das Mondlicht in größere ruhige Massen gebracht, kurz das Landschaftliche war für die kommende Szene würdig vorbereitet.

Karl Hediger fuhr rasch dahin, bis er in die Nähe eines großen Zimmerplatzes kam; dort sang er mit halblauter Stimme ein paarmal den ersten Vers eines Liedchens und fuhr dann langsam und gemächlich in den See hinaus. Von den Bauhölzern aber erhob sich ein schlankes Mädchen, das dort gesessen, band ein Schiffchen los, stieg hinein und fuhr allmählig, mit einigen Wendungen, dem leise singenden Schiffer nach. Als sie ihm zur Seite war, grüßten sich die jungen Leute und fuhren ohne weitern Aufenthalt, Bord an Bord, in das flüssige Silber hinaus, weit auf den See hin. Sie beschrieben in jugendlicher Kraft einen mächtigen Bogen mit mehreren Schneckenlinien, welche das Mädchen angab und der Jüngling mit leisem Ruderdruck mitmachte, ohne von ihrer Seite zu kommen, und man sah, daß das Paar nicht ungeübt war im Zusammenfahren. Als sie recht in die Stille und Einsamkeit geraten, zog das junge Frauenzimmer die Ruder ein und hielt still. Das heißt, sie legte nur das eine Ruder nieder, das andere hielt sie wie spielend über dem Rande, jedoch nicht ohne Zweck; denn als Karl, ebenfalls still haltend, sich ihr ganz nähern, ja ihr Schiffchen förmlich entern wollte, wußte sie sein Fahrzeug mit dem Ruder sehr gewandt abzuhalten, indem sie ihm jeweilig einen einzigen Stoß gab. Auch diese Übung schien nicht neu zu sein, da sich der junge Mensch bald ergab und in seinem Schifflein still saß.

Nun fingen sie an zu plaudern und Karl sagte: „Liebe Hermine! Ich kann jetzt das Sprüchwort umkehren und rufen: was ich in der Jugend die Fülle hatte, das wünsch' ich im Alter, aber vergeblich! Als ich zehn Jahre alt war und du sieben, wie oft haben wir uns da geküßt, und nun ich zwanzig bin, bekomme ich nicht einmal deine Fingerspitzen zu küssen."

„Ich will ein für allemal von diesen unverschämten Lügen nichts mehr hören!" antwortete das Mädchen halb zornig, halb lachend, „alles ist erfunden und erlogen, ich erinnere mich durchaus nicht an solche Vertraulichkeiten!"

„Leider!" rief Karl; „aber ich um so besser! Und zwar bist du gerade die Tonangeberin und Verführerin gewesen!"

„Karl, wie häßlich!" unterbrach ihn Hermine; aber er fuhr unerbittlich fort: „Erinnere dich doch nur, wie oft, wenn wir müde waren, den armen Kindern ihre zerrissenen Körbe mit Zimmerspänen füllen zu helfen, zum steten Verdrusse eurer Polierer, wie oft mußt' ich dann zwischen den großen Holzvorräten, ganz im verborgenen, aus kleinen Hölzern und Brettern ein Hüttlein bauen mit einem Dach, einer Türe und einem Bänklein darin! Und wenn wir dann auf dem Bänkchen saßen, bei geschlossener Türe, und ich meine Hände endlich in den Schoß legte, wer fiel mir dann um den Hals und küßte mich, daß es kaum zu zählen war?"

Bei diesen Worten wäre er fast ins Wasser gestürzt; denn da er während seiner Reden sich unvermerkt wieder zu nähern gesucht hatte, gab sie seinem Schifflein plötzlich einen so heftigen Stoß, daß es beinah umschlug. Hellauf lachte sie, als er den linken Arm bis zum Ellbogen ins Wasser tauchte und darüber fluchte.

„Wart nur", sagte er, „es kommt gewiß die Stunde, wo ich dir's eintränken werde!"

„Hat noch alle Zeit", erwiderte sie, „bitte übereilen Sie sich nicht, mein schöner Herr!" Dann fuhr sie etwas ernster fort: „Der Vater hat unsere

Geschichte erfahren; ich habe sie nicht geleugnet, was die Hauptsache betrifft; er will nichts davon wissen, er verbietet uns alle ferneren Gedanken daran; so stehn wir also!"

„Und gedenkst du dem Ausspruche deines Herren Vaters dich so fromm und unwiderruflich zu fügen, wie du dich anstellst?"

„Wenigstens werde ich nie das erklärte Gegenteil von seinen Wünschen tun und noch weniger mich in ein feindliches Verhältnis zu ihm wagen; denn du weißt, daß er die Dinge lang nachträgt und eines tief um sich fressenden Grolles fähig ist. Du weißt auch, daß er, schon seit fünf Jahren Witwer, meinetwegen nicht wieder geheiratet hat; ich glaube, das kann eine Tochter immer berücksichtigen! Und weil wir einmal dabei sind, so muß ich dir auch sagen, daß ich es unter diesen Umständen für unschicklich halte, uns so oft zu sehen; es ist genug, wenn ein Kind inwendig mit seinem Herzen nicht gehorcht; mit äußern Handlungen täglich zu tun, was die Eltern nicht gern sähen, wenn sie's wüßten, hat etwas Gehässiges, und darum wünsche ich, daß wir uns höchstens alle Monat einmal allein treffen, wie bisher fast alle Tage, und im übrigen die Zeit über uns ergehen lassen."

„Ergehen lassen! Und du kannst und willst wirklich die Dinge so gehen lassen?"

„Warum nicht? Sind sie so wichtig? Es ist dennoch möglich, daß wir uns bekommen, es ist möglich, auch nicht! Und die Welt wird doch bestehen, wir vergessen uns vielleicht von selbst, denn wir sind noch jung; und in keinem Fall scheint mir groß Aufhebens zu machen!"

Diese Rede hielt die siebzehnjährige Schöne mit scheinbarer Trockenheit und Kälte, indem sie die Ruder wieder ergriff und landwärts steuerte. Karl fuhr neben ihr, voll Sorgen und Furcht und nicht minder voll Ärger über Herminens Worte. Sie freute sich halb und halb, den Wildfang in Sorgen zu wissen, war aber doch auch nachdenklich über den Inhalt des Gespräches und besonders über die vierwöchentliche Trennung, welche sie sich auferlegt hatte.

So gelang es ihm, sie endlich zu überraschen und sein Schiff mit einem Rucke an das ihre zu drücken. Augenblicklich hielt er ihren schlanken Oberkörper in den Armen und zog ihre Gestalt zur Hälfte zu sich hinüber, so daß sie beide halb über dem tiefen Wasser schwebten, die Schiffchen ganz schief lagen und jede Bewegung das völlige Umschlagen mit sich brachte. Die Jungfrau fühlte sich daher wehrlos und mußte es erdulden, daß Karl ihr sieben oder acht heftige Küsse auf die Lippen drückte. Dann richtete er sie samt ihrem Fahrzeug wieder sacht und sorglich in die Höhe; sie strich ihre Locken aus dem Gesicht, ergriff die Ruder, atmete heftig auf und rief, mit Tränen in den Augen, zornig und drohend: „Wart nur, du Schlingel, bis ich dich unter dem Pantoffel habe! Du sollst es, weiß Gott im Himmel! verspüren, daß du eine Frau hast!" Damit fuhr sie, ohne sich weiter nach ihm umzusehen, mit raschen Ruderschlägen nach ihres Vaters Grundstück und Heimwesen. Karl dagegen, voll Triumph und Glückseligkeit, rief ihr nach: „Gute Nacht, Fräulein Hermine Frymann! es hat gut geschmeckt!"

Frau Hediger hatte ihren Mann indessen nicht mit Unwahrheit berichtet, als sie ihn zum Ausgehen veranlaßte. Die Nachricht, die sie ihm mitgeteilt, war nur zu beliebigem Gebrauche noch aufgespart und dann im rechten Augenblicke benutzt worden. Es fand in der Tat eine Versammlung statt, nämlich der Gesellschaft der sieben Männer, oder der Festen, oder der Aufrechten, oder der Freiheitliebenden, wie sie sich abwechselnd nannten. Dies war einfach ein Kreis von sieben alten bewährten Freunden, alle Handwerksmeister, Vaterlandsfreunde, Erzpolitiker und strenge Haustyrannen nach dem Musterbilde Meister Hedigers. Stück für Stück noch im vorigen Jahrhundert geboren, hatten sie als Kinder noch den Untergang der alten Zeit gesehen und dann viele Jahre lang die Stürme und Geburtswehen der neuen Zeit erlebt, bis diese gegen das Ende der Vierzigerjahre sich abklärte und die Schweiz wieder zu Kraft und Einigkeit führte. Einige von ihnen stammten aus den gemeinen Herrschaften, dem ehmaligen Untertanenland der Eidgenossen, und sie erinnerten sich, wie sie als Bauernkinder am Wege hatten hinknieen müssen, wenn eine Kutsche mit eidgenössischen Standesherren und dem Weibel gefahren kam; andere standen in irgend einem Verwandtschaftsgrade zu eingekerkerten oder hingerichteten Revoluzzern, kurz, alle waren von einem unauslöschlichen Haß gegen alle Aristokratie erfüllt, welcher sich seit deren Untergang nur in einen bittern Hohn verwandelt hatte. Als dieselbe aber später nochmals auftauchte in demokratischem Gewande und mit den alten Machtvermietern, den Priestern, verbunden, einen mehrjährigen Kampf aufwühlte, da kam zu dem Aristokratenhaß noch derjenige gegen die „Pfaffen" hinzu; ja nicht nur gegen Herren und Priester, sondern gegen ihresgleichen, gegen ganze aufgeregte Volksmassen mußte ihre streitbare Gesinnung sich nun wenden, was ihnen auf ihre alten Tage eine unerwartete, zusammengesetzte Kraftübung verursachte, die sie aber tapfer bestanden.

Die sieben Männer waren nichts weniger als unbeträchtlich; in allen Volksversammlungen, Vereinigungen und dergleichen halfen sie einen festen Kern bilden, waren unermüdlich bei der Spritze und Tag und Nacht bereit, für die Partei Gänge und Geschäfte zu tun, welche man keinen bezahlten Leuten, sondern nur ganz Zuverlässigen anvertrauen konnte. Oft wurden sie von den Parteihäuptern beraten und ins Vertrauen gezogen, und wenn es ein Opfer galt, da waren die sieben Männer mit ihrem Scherflein zuerst bei der Hand. Für alles dies begehrten sie keinen andern Lohn, als den Sieg ihrer Sache und ihr gutes Bewußtsein; nie drängte sich einer von ihnen vor oder strebte nach einem Vorteil oder nach einem Amte, und ihre größte Ehre setzten sie darein, gelegentlich einem oder dem andern „berühmten Eidgenossen" schnell die Hand zu drücken; aber es mußte schon ein rechter sein und „sauber übers Nierenstück", wie sie zu sagen pflegten.

Diese Wackern hatten sich seit Jahrzehnten aneinander gewöhnt, nannten sich nur beim Vornamen und bildeten endlich eine feste geschlossene Gesellschaft, aber ohne alle andern Satzungen als die, welche sie im Herzen trugen. Wöchentlich zweimal kamen sie zusammen, und zwar, da auch in diesem kleinen Vereine zwei Gastwirte waren, abwechselnd bei diesen. Da ging es dann sehr kurzweilig und gemütlich her; so still und ernst die Männer in größern Versammlungen sich zeigten, so laut und munter taten sie, wenn sie unter sich waren; keiner zierte sich und keiner nahm ein Blatt vor den Mund; manchmal sprachen alle zusammen, manchmal horchten sie andächtig einem einzelnen, je nach ihrer Stimmung und Laune. Nicht nur die Politik war der Gegenstand ihrer Gespräche, sondern auch ihr häusliches Schicksal. Hatte einer Kummer und Sorge, so trug er, was ihn drückte, der Gesellschaft vor; die Sache wurde beraten und die Hülfe zur gemeinen Angelegenheit gemacht; fühlte sich einer von dem andern verletzt, so brachte er seine Klage vor die sieben Männer, es wurde Gericht gehalten und der Unrechthabende zur Ordnung verwiesen. Dabei waren sie abwechselnd sehr leidenschaftlich oder sehr ruhig und würdevoll oder auch ironisch. Schon zweimal hatten sich Verräter, unsaubere Subjekte unter ihnen eingeschlichen, waren erkannt und in feierlicher Verhandlung verurteilt und ausgestoßen, d. h. durch die Fäuste der wehrbaren Greise jämmerlich zerbläut worden. Traf ein Hauptunglück die Partei, welcher sie anhingen, so ging ihnen das über alles häusliche Unglück, sie verbargen sich einzeln in der Dunkelheit und vergossen bittere Tränen.

Der Wohlredendste und Wohlhabendste unter ihnen war Frymann, der Zimmermeister, ein wahrer Krösus mit einem stattlichen Hauswesen. Der Unbemitteltste war Hediger, der Schneider, dagegen im Worte gleich der zweite nach Frymann. Er hatte wegen politischer Leidenschaftlichkeit schon längst seine besten Kunden verloren, dennoch seine Söhne sorgfältig erzogen, und so besaß er keine übrigen Mittel. Die andern fünf Männer waren gut versorgte Leute, welche in der Gesellschaft mehr zuhörten als sprachen, wenn es sich um große Dinge handelte, dafür aber in ihrem Hause und unter ihren Nachbaren um so gewichtigere Worte hören ließen.

Heute lagen wirklich bedeutende Verhandlungen vor, über welche sich Frymann und Hediger vorläufig besprochen hatten. Die Zeit der Unruhe, des Streites und der politischen Mühe war für diese Wackern vorüber und ihre langen Erfahrungen schienen mit den errungenen Zuständen für einmal abgeschlossen. Ende gut, alles gut! konnten sie sagen und sie fühlten sich siegreich und zufrieden. So wollten sie sich denn an ihrem politischen Lebensabend ein rechtes Schlußvergnügen gönnen und als die sieben Männer vereint das eidgenössische Freischießen besuchen, welches im nächsten Sommer zu Aarau stattfinden sollte, das erste nach der Einführung der neuen Bundesverfassung vom Jahr 1848. Nun waren die meisten schon längst Mitglieder des schweizerischen Schützenvereines, auch besaß jeder, mit Ausnahme Hedigers, der sich mit seiner Rollflinte begnügte, eine gute Büchse, mit welcher sie in früheren Jahren zuweilen des Sonntags geschossen. Ebenso hatten sie einzeln schon Feste besucht, so daß die Sache gerade nicht absonderlich schien. Allein es war ein Geist des äußeren Pompes in einige gefahren und es handelte sich um nichts Geringeres, als in Aarau mit eigener Fahne aufzutreten und eine stattliche Ehrengabe zu überbringen.

Als die kleine Versammlung einige Gläser Wein getrunken und die gute Laune im Zuge war, rückten Frymann und Hediger mit dem Vorschlage heraus, welcher dennoch die bescheidenen Männer etwas überraschte, so daß sie einige Minuten unentschlossen schwankten. Denn es wollte ihnen nicht recht einleuchten, ein solches Aufsehen zu erregen und mit einer Fahne auszuziehen. Da sie aber schon lange verlernt hatten, einen Aufschwung und einer körnigen Unternehmung ihre Stimme zu versagen, so widerstanden sie nicht länger, als die Redner ihnen ausmalten, wie die Fahne ein Sinnbild und der Auszug ein Triumph der bewährten Freundschaft sein und wie das Erscheinen von solch sieben alten Krachern mit einem Freundschaftsfähnchen gewiß einen fröhlichen Spaß abgeben würde. Es sollte nur ein kleines Fähnchen angefertigt werden von grüner Seide, mit dem Schweizerwappen und einer guten Inschrift.

Nachdem die Fahnenfrage erledigt, wurde die Ehrengabe vorgenommen; der Wert derselben wurde ziemlich schnell festgesetzt, er sollte etwa zweihundert alte Franken betragen. Die Auswahl des Gegenstandes jedoch verursachte eine längere und fast schwierige Verhandlung. Frymann eröffnete die Umfrage und lud Kuser, den Silberschmied, ein, als ein Mann von Geschmack sich zu äußern. Kuser trank ernsthaft einen guten Schluck, hustete dann, besann sich und meinte, es füge sich gut, daß er just einen schönen silbernen Becher im Laden habe, welchen er, falls es den Mannen genehm wäre, bestens empfehlen und auf das billigste berechnen könnte. Hierauf erfolgte eine allgemeine Stille, nur unterbrochen durch kurze Äußerungen, wie: das läßt sich hören! oder nun ja! Dann fragte Hediger, ob ein weiterer Antrag gestellt werden wolle? Worauf Syfrig, der kunstreiche Schmied, einen Schluck nahm, einen Mut faßte und sprach: „Wenn es den Mannen recht ist, so will ich hiemit auch einen Gedanken aussprechen! Ich habe einen ganz eisernen, sinnreichen Pflug geschmiedet, der, wie ihr wißt, mir an der landwirtschaftlichen Ausstellung gelobt worden ist. Ich bin erbötig, das fein gearbeitete Stück für die zweihundert Franken abzutreten, obgleich die Arbeit damit nicht bezahlt wird; aber ich bin der Ansicht, daß dieses Werkzeug und Sinnbild des Ackerbaues eine echt volksmäßige Ehrengabe darstellen würde! Ohne im übrigen einem anderen Vorschlag zu nahe treten zu wollen!"

Während dieses Spruches hatte Bürgi, der listige Schreiner, sich das Ding auch überlegt, und als abermals eine kleine Stille herrschte und der Silberschmied schon ein längeres Gesicht machte, eröffnete sich der Schreiner also: „Auch mir ist ein Gedanke aufgestoßen, liebe Freunde, der vielleicht zum großen Spaße gereichen dürfte. Ich habe vor Jahr und Tag für ein fremdes Brautpaar ein zweischläfiges Himmelbett bauen müssen vom schönsten Nußbaumholz, mit Maserfurnieren; täglich steckte mir das Pärchen in der Werkstatt, maß Länge und Breite und schnäbelte sich vor Gesellen und Lehrburschen, weder deren Witze noch Anspielungen scheuend. Allein als es zur Hochzeit kommen sollte, da fuhren sie plötzlich auseinander wie Hund und Katz, kein Mensch wußte warum, das eine verschwand dahin, das andere dorthin und meine Bettstatt blieb mir stehen wie ein Fels. Sie ist unter Brüdern hundertundachtzig Franken wert; ich will aber gern achtzig verlieren und gebe sie für hundert. Dann lassen wir ein Bett dazu machen und stellen es vollständig aufgerüstet in den Gabensaal mit der Aufschrift: Für einen ledigen Eidgenossen zur Aufmunterung! Wie?"

Ein fröhliches Gelächter belohnte diesen Gedanken; nur der Silber- und der Eisenschmied lächelten kühl und säuerlich; doch alsbald erhob Pfister, der Wirt, seine starke Stimme und sprach mit seiner gewohnten Offenheit: „Wenn es gilt, ihr Herren, daß jeder sein eigenes Korn zu Markte bringt, so wüßte ich denn etwas Besseres, als alles bisher Angetragene! Im Keller liegt mir wohlverspundet ein Faß vierunddreißiger Rotwein, sogenanntes Schweizerblut, das ich vor mehr als zwölf Jahren selbst in Basel gekauft habe. Bei euerer Mäßigkeit und Bescheidenheit wagte ich noch nie, den Wein anzustechen, und doch liegt er mir im Zins um die zweihundert Franken, die er gekostet hat; denn es sind gerade hundert Maß. Ich gebe euch den Wein zum Ankaufspreis, das Fäßchen werde ich so billig als möglich anschlagen, froh, wenn ich nur Platz gewinne für verkäuflichere Ware, und ich will nicht mehr von hinnen kommen, wenn wir nicht Ehre einlegen mit der Gabe!"

Diese Rede, während welcher die drei früheren Antragsteller bereits gemurrt hatten, war nicht sobald beendigt, als Erismann, der andere Wirt, das Wort ergriff und sagte: „Wenn es so geht, so will ich auch nicht dahinten bleiben und erkläre, daß ich das Beste zu haben glaube für unsere Absicht, und das wäre meine junge Milchkuh von reiner Oberländer Rasse, die mir gerade feil ist, wenn ich einen anständigen Käufer finde. Bindet dem Prachttiere eine Glocke um den Hals, einen Melkstuhl zwischen die Hörner, putzt es mit Blumen auf —"

„Und stellt es unter eine Glasglocke in den Gabentempel!" unterbrach ihn der gereizte Pfister, und damit platzte eines jener Gewitter los, welche die Sitzungen der sieben Festen zuweilen stürmisch machten, aber nur um desto hellerem Sonnenscheine zu rufen. Alle sprachen zugleich, verteidigten ihre Vorschläge, griffen diejenigen der andern an und warfen sich eigennützige Gesinnungen vor. Denn sie sagten sich stets rund heraus, was sie dachten, und bewältigten die Dinge mit offener Wahrheit und nicht durch hinterhaltiges Verwischen, wie es eine Art unechter Bildung tut.

Als nun ein Heidenlärm entstanden war, klingelte Hediger kräftig mit dem Glase und redete mit erhobener Stimme: „Ihr Mannen! Erhitzt euch nicht, sondern laßt uns ruhig zum Ziele gelangen! Es sind also vorgeschlagen ein Pokal, ein Pflug, ein aufgerüstetes Himmelbett, ein Faß Wein und eine Kuh! Es sei mir vergönnt, euere Anträge näher zu betrachten. Deinen alten Ladenhüter, den Pokal, lieber Ruedi, kenn' ich wohl, er steht schon seit vielen Jahren hinter deinem Schaufenster, ich glaube sogar, er ist einst dein Meisterstück gewesen. Dennoch erlaubt seine veraltete Form nicht, daß wir ihn wählen und für ein neues Stück ausgeben. Dein Pflug, Chüeri Syfrig, scheint doch nicht ganz zweckmäßig erfunden zu sein, sonst hättest du ihn seit drei Jahren gewiß verkauft; wir müssen aber darauf denken, daß der Gewinner unserer Gabe auch eine unverstellte Freude an derselben haben kann. Dein Himmelbett dagegen, Heinrich, ist ein neuer und gewiß ergötzlicher Einfall, und sicher würde er zu den volkstümlichsten Redensarten Veranlassung geben. Allein zu seiner schicklichen Ausführung wäre eine Ausrüstung in feinem und hinreichendem Bettzeug erforderlich, und das überschritte die festgesetzte Summe zu stark für nur sieben Köpfe. Dein Schweizerblut, Lienert Pfister, ist gut und es wird noch besser sein, wenn du einen billigeren Preis ansetzest und das Faß endlich für uns selber anstichst, auf daß wir es an unseren Ehrentagen trinken! Deiner Kuh endlich, Felix Erismann, ist nichts nachzusagen, als daß sie beim Melken regelmäßig den Kübel umschlägt. Darum willst du sie verkaufen; denn allerdings ist diese Untugend nicht erfreulich. Aber wie? Wäre es recht, wenn nun ein braves Bäuerlein das Tier gewänne, es voll Freuden seiner Frau heimbrächte, die es voll Freuden melken würde und dann die süße, schäumende Milch auf den Boden gegossen sähe? Stelle dir doch den Verdruß, den Unwillen und die Täuschung der guten Frau vor und die Verlegenheit des guten Schützen, nachdem der Spektakel sich zwei- oder dreimal wiederholt! Ja, lieben Freunde! nehmt es mir nicht übel! aber gesagt muß es sein: Alle unsere Vorschläge haben den gemeinsamen Fehler, daß sie die Ehrensache des Vaterlandes unbedacht und vorschnell zum Gegenstande des Gewinnes und der Berechnung gemacht haben. Mag dies tausendfältig geschehen von groß und klein, wir in unserem Kreise haben es bis jetzt nicht getan und wollen es ferner so halten! Also trage jeder gleichmäßig die Kosten der Gabe ohne allen Nebenzweck, damit es eine wirkliche Ehrengabe sei!"

Die fünf Gewinnlustigen, welche beschämt die Köpfe hatten hängen lassen, riefen jetzt einmütig: „Gut gesprochen! Der Chäpper hat gut gesprochen!" und sie forderten ihn auf, selbst einen Vorschlag zu tun. Aber Frymann ergriff das Wort und sagte: „Zu einer Ehrengabe scheint sich mir ein silberner Becher immer noch am besten zu eignen. Er behält seinen gleichen Wert, wird nicht verbraucht und bleibt ein schönes Erinnerungszeichen an frohe Tage und an wehrbare Männer des Hauses. Ein Haus, in welchem ein Becher aufbewahrt wird, kann nie ganz verfallen, und wer vermag zu sagen, ob nicht um eines solchen Denkmals willen noch manches mit erhalten bleibt? Und wird nicht der Kunst Gelegenheit gegeben, durch stets neue und schöne Formen Mannigfaltigkeit in die Menge der Gefäße zu bringen und so sich in der Erfindung zu üben und einen Strahl der Schönheit in das entlegenste Tal zu tragen, so daß sich nach und nach ein mächtiger Schatz edler Ehrengeschirre im Vaterlande anhäuft, edel an Gestalt und im Metall! Und wie zutreffend, daß dieser Schatz, über das ganze Land verbreitet, nicht zum gemeinen Nießbrauch des täglichen Lebens verwendet werden kann, sondern in seinem reinen Glanze, in seinen geläuterten Formen fort und fort das Höhere vor Augen stellt, den Gedanken des Ganzen, und die Sonne der ideal verlebten Tage festzuhalten scheint! Fort daher mit dem Jahrmarktströdel, der sich in unsern Gabentempeln anzuhäufen beginnt, ein Raub der Motten und des gemeinsten Gebrauches! und festgehalten am alten ehrbaren Trinkgefäß! Wahrhaftig, wenn ich in der Zeit lebte, wo die schweizerischen Dinge einst ihrem Ende nahen, so wüßte ich mir kein erhebenderes Schlußfest auszudenken, als die Geschirre aller Körperschaften, Vereine und Einzelbürger, von aller Gestalt und Art, zu Tausenden und aber Tausenden zusammenzutragen in all ihrem Glanz der verschwundenen Tage, mit all ihrer Erinnerung, und den letzten Trunk zu tun dem sich neigenden Vaterland —"

„Schweig! du grober Gast! was sind das für nichtswürdige Gedanken!" riefen die Aufrechten und Festen und schüttelten sich ordentlich. Aber Frymann fuhr fort: „Wie es dem Manne geziemt, in kräftiger Lebensmitte zuweilen an den Tod zu denken, so mag er auch in beschaulicher Stunde das sichere Ende seines Vaterlandes ins Auge fassen, damit er die Gegenwart desselben um so inbrünstiger liebe; denn alles ist vergänglich und dem Wechsel unterworfen auf dieser Erde. Oder sind nicht viel größere Nationen untergegangen, als wir sind? Oder wollt ihr einst ein Dasein dahinschleppen wie der ewige Jude, der nicht sterben kann, dienstbar allen neu aufgeschossenen Völkern, er, der die Ägypter, die Griechen und die Römer begraben hat? Nein! ein Volk, welches weiß, daß es einst nicht mehr sein wird, nützt seine Tage um so lebendiger, lebt um so länger und hinterläßt ein rühmliches Gedächtnis; denn es wird sich keine Ruhe gönnen, bis es die Fähigkeiten, die in ihm liegen, ans Licht und zur Geltung gebracht hat, gleich einem rastlosen Manne, der sein Haus bestellt, ehe denn er dahin scheidet. Dies ist nach meiner Meinung die Hauptsache. Ist die Aufgabe eines Volkes gelöst, so kommt es auf einige Tage längerer oder kürzerer Dauer nicht mehr an, neue Erscheinungen harren schon an der Pforte ihrer Zeit! So muß ich denn gestehen, daß ich jährlich einmal in schlafloser Nacht oder auf stillen Wegen solchen Gedanken anheimfalle und mir vorzustellen suche, welches Völkerbild einst nach uns in diesen Bergen walten möge? Und jedesmal gehe ich mit um so größerer Hast an meine Arbeit, wie wenn ich dadurch die Arbeit meines Volkes beschleunigen könnte, damit jenes künftige Völkerbild mit Respekt über unsere Gräber gehe! Aber weg mit diesen Gedanken und zu unserer fröhlichen Sache zurück! Ich dächte nun, wir bestellen bei unserm Meister Silberschmied einen neuen Becher, an dem er keinen Gewinn zu nehmen verspricht, sonder ihn so wertvoll als möglich liefert. Dazu lassen wir von einem Künstler eine gute Zeichnung entwerfen, welche vom gedankenlosen Schlendrian abweicht; doch soll er, wegen der beschränkten Mittel, mehr auf die Verhältnisse, auf einen schönen Umriß und Schwung des Ganzen sehen, als auf reichen Zierat, und der Meister Kuser wird danach eine saubere und solide Arbeit herstellen!"

Dieser Vorschlag wurde angenommen und die Verhandlung geschlossen.

Sogleich aber nahm Frymann von neuem die Rede und trug vor: „Nachdem wir nun das Allgemeine erledigt, werte Freunde! so erlaubt mir, noch eine besondere Sache anzubringen und eine Klage zu führen, deren freundliche Beilegung wir nach alter Weise gemeinsam betreiben wollen. Ihr wißt, wie unser lieber Mann, der Chäpper Hediger, vier Stück hübsche muntere Buben in die Welt gestellt hat, welche mit ihrer frühen Heiratslust die Gegend unsicher machen! Drei haben denn auch richtig schon Weib und Kind, obgleich der älteste noch nicht siebenundzwanzig Jahre zählt. Nun ist noch der Jüngste da, eben zwanzigjährig, und was tut der? Er stellt meiner einzigen Tochter nach und verdreht ihr den Kopf! So sind diese besessenen Heiratsteufel allbereits in den Kreis der engeren Freundschaft eingedrungen und drohen, dieselbe zu trüben! Abgesehen von der zu großen Jugend der Kinder gestehe ich hier mit Offenheit, daß eine solche Heirat gegen meine Wünsche und Absichten geht. Ich habe ein umfangreiches Geschäft und ein beträchtliches Vermögen; darum suche ich mir, wenn es Zeit ist, einen Tochtermann, welcher Geschäftsmann ist, ein entsprechendes Kapital hinzubringt und die großen Bauten, welche ich im Sinne habe, fortführt; denn ihr wißt, daß ich weitläufige Bauplätze angekauft habe und der Überzeugung bin, daß sich Zürich bedeutend vergrößern wird. Dein Sohn aber, guter Chäpper, ist ein Regierungsschreiber und hat nichts, als das spärliche Einkommen, und wenn er auch höher steigt, so wird dies nie viel größer werden, und seine Rechnung ist ein für allemal gemacht. Mag er dabei bleiben, er ist versorgt, wenn er gut haushält; aber eine reiche Frau braucht er nicht, ein reicher Beamter ist ein Unsinn, der einem andern das Brot vor dem Maul wegnimmt; zum Faulenzen aber oder zum Pröbeln eines Unerfahrenen gebe ich mein Geld vollends nicht her! Dazu kommt noch, daß es gegen mein Gefühl geht, das alte bewährte Freundesverhältnis mit Chäpper in ein Verwandtschaftswesen umzuwandeln! Was? wir sollen uns mit Familienverdrießlichkeiten und gegenseitiger Abhängigkeit beladen? Nein, ihr Mannen, bleiben wir bis zum Tode innig verbunden, aber unabhängig voneinander, frei und unverantwortlich in unsern Handlungen, und nichts da von Schwäher und Gegenschwäher und dergleichen Titeln! So fordere ich dich denn auf, Chäpper! im Schoße der Freundschaft zu erklären, daß du mich in meinen Absichten unterstützen und dem Beginnen deines Sohnes entgegen treten willst! Und nichts für ungut, wir kennen uns alle!"

„Wir kennen uns, das ist wohlgesprochen!" sagte Hediger feierlich, nachdem er eine lange Prise geschnupft; „ihr wißt alle, welchen Unstern ich mit meinen Söhnen hatte, obgleich es rührige und aufgeweckte Burschen sind! Ich ließ sie lernen, alles was ich wünsche selber gelernt zu haben. Jeder kannte etwas Sprachen, machte seinen guten Aufsatz, rechnete vortrefflich und besaß in übrigen Kenntnissen hinreichende Anfangsgründe, um bei einigem Streben nie mehr in völlige Unwissenheit zurückzusinken. Gott sei Dank, dachte ich, daß wir imstande sind, endlich unsere Buben zu Bürgern zu erziehen, denen man kein X mehr für ein U vormachen kann. Und ich ließ darauf jeden das Handwerk lernen, das er sich wünschte. Aber was geschieht? Kaum hatten sie den Lehrbrief in der Tasche und sich ein wenig umgesehen, so wurde ihnen der Hammer zu schwer, sie dünkten sich zu gescheit für das Handwerk und fingen an, den Schreiberstellen nachzulaufen. Weiß der Teufel, wie sie es nur machten, die Schlingel gingen ab wie frische Wecken! Nun, man kann sie scheint's brauchen! Einer ist auf der Post, zwei sind bei Eisenbahngesellschaften angestellt, und der vierte hockt auf einer Kanzlei und behauptet ein Verwaltungsbeamter zu sein. Kann mir am Ende gleich sein! Wer nicht Meister sein will, muß eben Gesell bleiben und Vorgesetzte haben sein Leben lang! Allein da ihnen Geldsachen durch die Hände gehen, mußten die sämtlichen jungen Herren Schreiber Bürgen stellen; ich selbst habe kein Vermögen, also habt ihr alle wechselsweise meinen Buben Bürgschaft geleistet, die sich ineinander gerechnet auf vierzigtausend Franken beläuft, dazu waren die alten Handwerker, die Freunde des Vaters, gut genug! Und wie meint ihr nun, daß mir zu Mute sei? Wie stehe ich euch gegenüber da, wenn nur einer von allen vieren einmal einen Fehltritt, einen Leichtsinn, eine Unvorsichtigkeit begeht?"

„Papperlapapp!" riefen die Alten, „schlag dir doch dergleichen Mucken aus dem Sinn! Wenn die Burschen nicht brav wären, so hätten wir nicht gebürgt, da sei ruhig!"

„Das weiß ich alles!" erwiderte Hediger; „aber das Jahr ist lang und wenn es vorbei ist, kommt wieder ein anderes. Ich kann euch versichern, ich erschrecke jedesmal, wenn einer mit einer feineren Zigarre mir ins Haus kommt! Wird er nicht dem Luxus und der Genußsucht anheimfallen? denke ich. Sehe ich eine der jungen Frauen mit einem neuen Kleid einherziehen, so fürchte ich, sie stürze den Mann in üble Umstände und Schulden; spricht einer auf der Straße mit einem verschuldeten Menschen, so ruft es in mir: Wird der ihn nicht zu einer Unbesonnenheit verführen? Kurz, ihr seht, daß ich mich demütig und abhängig genug fühle und weit entfernt bin, mich noch einem reichen Gegenschwäher gegenüber in Dienstbarkeit zu versetzen und aus einem Freunde einen Herren und Gönner zu schaffen! Und warum soll ich wünschen, daß mein junger Schnaufer von Sohn sich reich und geborgen fühle und mir mit dem Hochmut eines solchen vor der Nase herum laufe, er, der noch nichts erfahren? Sollte ich helfen, ihm die Schule des Lebens zu verschließen, daß er schon bei jungen Jahren ein Hartherziger, ein Flegel und ein Lümmel wird, der nicht weiß, wie das Brot wächst, und noch wunder meint, was er für Verdienste besitze? Nein, sei ruhig, mein Freund! hier meine Hand darauf! Nichts von Schwäherschaft, fort mit dem Gegenschwäher!"

Die beiden Alten schüttelten sich die Hand, die übrigen lachten und Bürgi sagte: „Wer würde nun glauben, daß ihr zwei, die in der Vaterlandssache erst so weise Worte geredet und uns die Köpfe gewaschen habt, nun im Umsehen so törichtes Zeug beginnen würdet! Gott sei Dank! So habe ich also doch noch Aussicht, meine zweischläfige Bettstelle an den Mann zu bringen, und ich schlage vor, daß wir sie dem jungen Pärchen zum Hochzeitsgeschenk machen!"

„Angenommen!" riefen die andern vier, und Pfister der Wirt fügte hinzu: „Und ich verlange, daß mein Faß Schweizerblut an der Hochzeit getrunken werde, der wir alle beiwohnen!"

„Und ich werde es bezahlen, wenn sie stattfindet!" schrie Frymann zornig, „aber wenn nichts daraus wird, wie ich sicher weiß, so bezahlt ihr das Faß, und wir trinken es in unsern Sitzungen, bis wir fertig sind!"

„Die Wette ist angenommen!" hieß es; doch Frymann und Hediger schlugen mit den Fäusten auf den Tisch und wiederholten in einem fort: „Nichts von Schwäherschaft! Wir wollen keine Gegenschwäher sein, sondern unabhängige gute Freunde!"

Mit diesem Ausruf war die inhaltsreiche Sitzung endlich geschlossen, und die Freiheitliebenden wandelten fest und aufrecht nach Hause.

Beim nächsten Mittagessen eröffnete Hediger, als die Gesellen fort waren, seinem Sohne und seiner Frau den feierlichen Beschluß von gestern, daß zwischen Karl und des Zimmermanns Tochter fortan kein Verhältnis mehr geduldet würde. Frau Hediger, die Büchsenschmiedin, wurde durch diesen Gewaltspruch so zum Lachen gereizt, daß ihr das Restchen Wein, welches sie eben austrinken wollte, in die Luftröhre geriet und ein gewaltiges Husten verursachte.

„Was ist da zu lachen?" sprach ärgerlich der Meister; seine Frau erwiderte: „Ach ich muß nur lachen, daß das Sprichwort: Schuster bleib beim Leist! auch auf eueren Verein anzuwenden ist! Was bleibt ihr nicht bei der Politik, statt euch in Liebeshändel zu mischen?"

„Du lachst wie ein Weib und sprichst wie ein Weib!" versetzte Hediger mit großem Ernst; „eben in der Familie beginnt die wahre Politik; freilich sind wir politische Freunde; aber um es zu bleiben, wollen wir nicht die Familien durcheinander werfen und Kommunismus treiben mit dem Reichtum des einen. Ich bin arm und Frymann ist reich und so soll es bleiben; um so mehr gereicht uns die innere Gleichheit zur Freude. Soll ich nun durch eine Heirat meine Hand in sein Haus und in seine Angelegenheiten stecken und den Eifer und die Befangenheit wachrufen? Das sei ferne!"

„Ei ei ei! das sind mir doch wunderliche Grundsätze!" antwortete Frau Hediger; „schöne Freundschaft, wenn ein Freund dem Sohne des andern seine Tochter nicht geben mag! Und seit wann heißt es denn Kommunismus, wenn durch Heirat Wohlhabenheit in eine Familie gebracht wird? Ist das eine verwerfliche Politik, wenn ein glücklicher Sohn ein schönes und reiches Mädchen zu gewinnen weiß, daß er dadurch zu Besitz und Ansehen gelangt, seinen betagten Eltern und seinen Brüdern zur Hand sein und ihnen helfen kann, daß sie auch auf einen grünen Zweig kommen? Denn wo einmal das Glück eingekehrt ist, da greift es leicht um sich, und ohne daß dem einen Abbruch geschieht, können die anderen in seinem

Schatten mit Geschick ihre Angel auswerfen. Nicht, daß ich es auf ein Schlaraffenleben absehe! Aber es gibt gar viele Fälle, wo mit Anstand und Recht ein reich gewordener Mann von seinen unbemittelten Verwandten mag zu Rat gezogen werden. Wir Alten werden nichts mehr bedürfen; dagegen könnte vielleicht die Zeit kommen, wo dieser oder jener von Karls Brüdern eine gute Unternehmung, eine glückliche Veränderung wagen möchte, wenn ihm jemand die Mittel anvertraute. Auch wird der ein' und andere einen begabten Sohn haben, der sich in die Höhe schwingen würde, wenn das Vermögen da wäre, ihn studieren zu lassen. Der würde vielleicht ein beliebter Arzt werden, der ein angesehener Advokat oder gar ein Richter, der ein Ingenieur oder ein Künstler, und allen diesen würde es dann, einmal soweit gekommen, wiederum ein Leichtes sein, sich gut zu verheiraten und so zuletzt eine angesehene, zahlreiche und glückliche Familie zu bilden. Was wäre nun menschlicher, als daß ein begüterter Oheim da wäre, der, ohne sich Schaden zu tun, seinen rührigen, aber armen Verwandten die Welt auftäte? Denn wie oft kommt es nicht vor, daß um eines Glücklichen willen, der in einem Hause ist, auch alle andern etwas von der Welt erschnappen und klug werden? Und alledem willst du den Zapfen vorstecken und das Glück an der Quelle verstopfen?"

Hediger lachte voll Verdruß und rief: „Luftschlösser! Du sprichst wie die Bäuerin mit dem Milchtopf! Ich sehe ein anderes Bild von dem reich Gewordenen unter armen Verwandten! Der läßt sich allerdings nichts abgehen und hat immer tausend Einfälle und Begierden, die ihn zu tausend Ausgaben veranlassen und die er befriedigt. Kommen aber seine Eltern und seine Brüder zu ihm, geschwind setzt er sich wichtig und verdrießlich über sein Zinsbuch, die Feder quer im Munde, seufzt und spricht: Danket Gott, daß ihr nicht den Verdruß und die Last einer solchen Vermögensverwaltung habt! Lieber wollt' ich eine Herde Ziegen bewachen, als ein Rudel böswilliger und saumseliger Schuldner! Nirgends geht Geld ein, überall suchen sie auszubrechen und durchzuschlüpfen, Tag und Nacht muß man in Sorgen sein, daß man nicht gröblich betrogen wird! Und kriegt man einen Schuft beim Kragen, so hebt er ein solches Gewinsel an, daß man ihn nur schnell wieder muß laufen lassen, wenn man nicht als ein Wucherer und Unmensch will verschrieen werden. Alle Amtsblätter, alle Tagfahrten, alle Ausschreibungen, alle Inserate muß man lesen und wieder lesen, um nicht eine Eingabe zu versäumen und einen Termin zu übersehen. Und nie ist Geld in der Kasse! Zahlt einer ein Darlehn zurück, so stellt er sein Geldsäckchen in allen Schenken auf den Tisch und tut dick mit seiner Abzahlung, und eh' er aus dem Hause ist, stehen drei da, die das Geld haben wollen, einer davon sogar ohne Unterpfande! Und dann die Ansprüche der Gemeinde, der Wohltätigkeitsanstalten, der öffentlichen Unternehmungen, der Subskriptionslisten aller Art — man kann nicht ausweichen, die Stellung erfordert es; aber ich sage euch, man weiß oft nicht, wo einem der Kopf steht! Dies Jahr bin ich gar in der Klemme, ich habe meinen Garten verschönern lassen und einen Balkon gebaut, die

Frau hat es schon lange gewünscht, nun sind die Rechnungen da! Mir ein Reitpferd zu halten, wie der Arzt schon hundertmal geraten, daran darf ich gar nicht denken, denn immer kommen neue Ausgaben dazwischen. Seht, da hab' ich mir auch eine kleine Kelter bauen lassen von neuster Konstruktion, um den Muskateller zu pressen, den ich an den Spalieren ziehe — hol' mich der Teufel, wenn ich sie dies Jahr bezahlen kann! Nun, ich habe gottlob noch Kredit! So spricht er und schüchtert, indem er noch eine grausame Prahlerei damit zu verbinden weiß, seine armen Brüder, seinen alten Vater ein, daß sie ihr Anliegen verschweigen und sich nur wieder fortmachen, nachdem sie seinen Garten und seinen Balkon und seine sinnreiche Kelter bewundert. Und sie gehen zu fremden Leuten, um Hülfe zu suchen und bezahlen gern höhere Zinsen, um nur nicht so viel Geschwätz hören zu müssen. Seine Kinder sind fein und köstlich gekleidet und gehen elastisch über die Straßen; sie bringen den armen Vetterchen und Bäschen kleine Geschenke und holen sie jährlich zweimal zum Essen, und es ist dies den reichen Kindern ein großer Jux; aber wenn die Gäste ihre Schüchternheit verlieren und auch laut werden, so füllt man ihre Taschen mit Äpfeln und schickt sie nach Hause. Dort erzählen sie alles, was sie gesehen und was sie zu essen bekommen haben, und alles wird getadelt; denn Groll und Neid erfüllt die armen Schwägerinnen, welche nichtsdestoweniger der wohlhabenden Person schmeicheln und deren Staat rühmen mit beredten Zungen. Endlich kommt ein Unglück über den Vater oder über die Brüder, und der reiche Mann muß nun wohl oder übel, des Gerüchtes wegen, vor den Riß stehen. Er tut es auch, ohne sich lange bitten zu lassen; aber nun ist das Band brüderlicher Gleichheit und Liebe ganz zerrissen! Die Brüder und ihre Kinder sind nun die Knechte und Untertanenkinder des Herrn; jahraus und -ein werden sie geschulmeistert und zurecht gewiesen, in grobes Tuch müssen sie sich kleiden und schwarzes Brot essen, um einen kleinen Teil des Schadens wieder einzubringen, und die Kinder werden in Waisenhäuser und Armenschulen gesteckt, und wenn sie stark genug sind, müssen sie arbeiten im Hause des Herren und unten an seinem Tische sitzen, ohne zu sprechen."

„Hu!" rief die Frau, „was sind das für Geschichten! Und willst du wirklich deinen eigenen Sohn hier für einen solchen Schubiack halten? Und ist es denn geschrieben, daß gerade seine Brüder ein solches Unglück treffen sollte, das sie zu seinen Knechten machte? Sie, die sich schon selbst zu helfen wußten bis jetzt? Nein, da glaube ich doch zur Ehre unseres eigenen Blutes, daß wir durch eine reiche Heirat nicht dergestalt aus dem Häuschen gerieten, vielmehr sich meine bessere Ansicht bestätigen würde!"

„Ich will nicht behaupten", erwiderte Hediger, „daß es gerade bei uns so zuginge; aber auch bei uns würde die äußere und endlich auch die innere Ungleichheit eingeführt; wer nach Reichtum trachtet, der strebt seines Gleichen ungleich zu werden —"

„Larifari!" unterbrach ihn die Frau, indem sie das Tischtuch zusammennahm und zum Fenster hinausschüttelte, „ist denn Frymann, der das Gut in Händen hat, um das wir uns streiten, euch andern ungleich geworden? Seid ihr nicht ein Herz und eine Seele und steckt immer die Köpfe zusammen?"

„Das ist was anderes!" rief der Mann, „was ganz anderes! Der hat sein Gut nicht erschlichen oder in der Lotterie gewonnen, sondern Taler um Taler durch seine Mühe erworben während vierzig Jahren. Und dann sind wir nicht Brüder, ich und er, und gehen einander nichts an und wollen es ferner so halten, das ist der Punkt! Und endlich ist der nicht wie andere Leute, der ist noch ein Fester und Aufrechter! Wir wollen aber nicht immer nur diese kleinen Privatverhältnisse betrachten! Glücklicher Weise gibt es bei uns keine ungeheuer reichen Leute, der Wohlstand ist ziemlich verteilt; laß aber einmal Kerle mit vielen Millionen entstehen, die politische Herrschsucht besitzen, und du wirst sehen, was die für Unfug treiben! Da ist der bekannte Spinnerkönig, der hat wirklich schon viele Millionen und man wirft ihm vor, daß er ein schlechter Bürger und ein Geizhals sei, weil er sich nichts ums Allgemeine kümmre. Im Gegenteil, ein guter Bürger ist er, der nach wie vor die andern gehen läßt, sich selbst regiert und lebt wie ein anderer Mann. Laß diesen Kauz ein politisches herrschsüchtiges Genie sein, gib ihm einige Liebenswürdigkeit, Freude an Aufwand und Sinn für allerhand theatralischen Pomp, laß ihn Paläste und gemeinnützige Häuser bauen, und dann schau, was er für einen Schaden anrichtet im gemeinen Wesen und wie er den Charakter des Volkes verdirbt. Es wird eine Zeit kommen, wo in unserem Lande, wie anderwärts, sich große Massen Geldes zusammenhängen, ohne auf tüchtige Weise erarbeitet und erspart worden zu sein; dann wird es gelten, dem Teufel die Zähne zu weisen; dann wird es sich zeigen, ob der Faden und die Farbe gut sind an unserem Fahnentuch! Kurz und gut! ich sehe nicht ein, warum einer meiner Söhne nach fremdem Gute die Hand ausstrecken soll, ohne einen Streich darum gearbeitet zu haben. Das ist ein Schwindel wie ein anderer!"

„Es ist ein Schwindel, der da ist, solange die Welt steht", sagte die Frau mit Lachen, „daß zwei sich heiraten wollen, die sich gefallen! Hieran werdet ihr mit all euren großen und steifen Worten nichts ändern! Du bist übrigens allein der Narr im Spiele; denn Meister Frymann sucht weislich zu verhüten, daß deine Kinder den seinigen gleich werden. Aber die Kinder werden auch ihre eigene Politik haben und sie durchführen, wenn etwas an dem Handel ist, was ich nicht weiß."

„Mögen sie", sagte der Meister, „das ist ihre Sache; die meinige ist, nichts zu begünstigen und solange Karl minderjährig ist, jedenfalls meine Einwilligung zu versagen!"

Mit dieser diplomatischen Erklärung und der neuesten Nummer des „Republikaners" zog er sich in sein Studierzimmer zurück. Frau Hediger dagegen wollte sich nun hinter den Sohn machen und ihn neugierig zur Rede stellen; doch bemerkte sie erst jetzt, daß er sich aus dem Staube gemacht habe, da ihm die ganze Verhandlung durchaus überflüssig und unzweckmäßig erschien und er sich überhaupt scheute, seine Liebeshändel vor den Eltern auszukramen.

Desto zeitiger bestieg er am Abend das Schiffchen und ruderte hinaus, wo er schon viele Abende gewesen. Allein er sang sein Liedchen einmal und zweimal und sogar bis auf den letzten Vers, ohne daß sich jemand sehen ließ, und nachdem er länger als eine Stunde vergeblich vor dem Zimmerplatze gekreuzt hatte, fuhr er verwirrt und niedergeschlagen zurück und glaubte, seine Sache stände in der Tat schlecht. Die vier oder fünf nächsten Abende ging es ihm ebenso und nun gab er es auf, der Ungetreuen nachzustellen, als wofür er sie hielt; denn obgleich er sich ihres Vorsatzes erinnerte, ihn nur alle vier Wochen sehen zu wollen, so hielt er dies nur für eine Vorbereitung zur gänzlichen Verabschiedung und verfiel in eine zornige Traurigkeit. Es kam ihm deshalb höchst gelegen, daß die Übungszeit für die Scharfschützenrekruten begann, und er ging vorher mit einem Bekannten, der Schütz war, mehrere Nachmittage hindurch auf eine Schießstätte, um sich notdürftig zu üben und die zur Anmeldung erforderliche Anzahl Treffer aufweisen zu können. Sein Vater sah ziemlich spöttisch diesem Treiben zu und kam unversehens selbst hin, um den Sohn noch rechtzeitig von dem törichten Unterfangen abzuhalten, wenn er, wie er vermutete, gar nichts könnte.

Allein er kam eben recht, als Karl sein halbes Dutzend Fehlschüsse schon hinter sich hatte und nun eine Reihe ziemlich guter Schüsse abgab. „Du machst mir nicht weis“, sagte er erstaunt, „daß du noch nie geschossen habest! Du hast heimlich schon manchen Franken dafür ausgegeben, das steht fest!“

„Heimlich habe ich wohl schon geschossen, aber ohne Kosten. Wißt Ihr wo, Vater?“

„Das hab' ich mir gedacht!“

„Ich habe schon als Junge oft dem Schießen zugesehen, aufgemerkt, was darüber gesprochen wurde, und seit Jahren schon empfand ich eine solche Lust dazu, daß ich davon träumte, und wenn ich wach im Bette lag, in Gedanken die Büchse stundenlang regierte und Hunderte von wohlgezielten Schüssen nach der Scheibe sandte.“

„Das ist ja vortrefflich! Da wird man in Zukunft ganze Schützenkompanien ins Bett konsignieren und solche Gedankenübungen anordnen; das spart Pulver und Schuh'!“

„Das ist nicht so lächerlich, als es aussieht“, sagte der erfahrne Schütz, der Karl unterrichtete, „es ist gewiß, daß von zwei Schützen, die an Auge und Hand gleich begabt sind, der welcher ans Nachdenken gewöhnt ist, Meister bleiben wird. Es braucht auch einen angebornen Takt zum Abdrücken, und es gibt gar seltsame Dinge hier, wie in allen Übungen.“

Je öfter und je besser Karl traf, desto mehr schüttelte der alte Hediger das Haupt; die Welt schien ihm auf den Kopf gestellt; denn er selbst hatte, was er war und konnte, nur durch Fleiß und angestrengte Übung erreicht; selbst seine Grundsätze, welche die Leute sonst so leicht und zahlreich wie Heringe einzupacken wissen, hatte er nur durch anhaltendes

Studium in seinem Hinterstübchen erworben. Doch wagte er nun nicht mehr Einsprache zu tun und begab sich von hinnen, nicht ohne innerliche Zufriedenheit, einen vaterländischen Schützen unter seine Söhne zu zählen; und bis er seine Wohnung erreichte, war er entschlossen, demselben eine gut sitzende Uniform von besserem Tuche zu machen. „Versteht sich, muß er sie bezahlen!“ sagte er sich; aber er konnte schon wissen, daß er seinen Söhnen nie etwas zurückforderte und daß sie ihm nie etwas zu erstatten begehrten. Das ist Eltern gesund und läßt sie zu hohen Jahren kommen, auf daß sie erleben, wie ihre Kinder wiederum von den Enkeln lustig geschröpft werden, und so geht es von Vater auf Sohn und alle bleiben bestehen und haben guten Appetit.

Karl wurde nun auf mehrere Wochen in die Kaserne gesteckt und gedieh zu einem hübschen und gewandten Soldaten, der, obgleich er verliebt war und nichts mehr von seinem Mädchen sah noch hörte, dennoch aufmerksam und munter seinem Dienst oblag, solange der Tag dauerte; und des Nachts ließen die Reden und Possen, welche die Schlafkameraden aufführten, keine Möglichkeit übrig, seinen Gedanken einsam nachzuhangen. Es war ein Dutzend Leute aus verschiedenen Bezirken, welche ihre heimischen Künste und Witze austauschten und verwerteten, lange nachdem die Lichter gelöscht waren und bis Mitternacht herankam. Aus der Stadt war außer Karl nur noch einer dabei, welchen er von Hörensagen kannte. Der war einige Jahre älter als er und hatte schon als Füsilier gedient. Seines Zeichens ein Buchbinder, arbeitete er seit geraumer Zeit keinen Streich mehr und lebte aus den in die Höhe geschraubten Mietzinsen alter Häuser, die er mit Geschick und ohne Kapital zu kaufen wußte. Manchmal verkaufte er eines wieder an einen Gimpel zu übertriebenem Preise, steckte, wenn der Käufer nicht halten konnte, den Reukauf und die bereits bezahlten Summen in die Tasche und nahm das Haus wieder an sich, indem er den Mietern abermals aufschlug. Auch hatte er's im Griff, durch leichte bauliche Veränderungen die Wohnungen um ein Kämmerlein oder kleines Stübchen zu vergrößern und abermals eine bedeutende Zinserhöhung eintreten zu lassen. Diese Veränderungen waren durchaus nicht zweckmäßig und bequem erdacht, sondern ganz willkürlich und einfältig; ebenso kannte er alle Pfuscher unter den Handwerkern, welche die wohlfeilste und schlechteste Arbeit lieferten, mit denen er machen konnte, was er wollte. Wenn ihm gar nichts anderes mehr einfiel, so ließ er eines seiner alten Gebäude auswendig neu anweißen und erhöhte abermals die Miete. Dergestalt erfreute er sich einer hübschen jährlichen Einnahme, ohne eine Stunde wirklicher Arbeit. Seine Gänge und Verabredungen waren bald besorgt, und ebenso lang, als vor seinen eigenen Machereien, stellte er sich vor den Bauwerken anderer Leute auf, spielte den Sachverständigen, redete in alles hinein und war im übrigen der dümmste Kerl von der Welt. Daher galt er für einen klugen und wohlhabenden jungen Mann, der es schon früh zu etwas brächte, und er ließ sich nichts abgehen. Er hielt sich nun zu gut für einen Infanteriesoldaten und hatte Offizier werden wollen.

Da er aber dafür zu faul und unwissend, hatte man ihn nicht brauchen können, und nun war er durch hartnäckige Aufdringlichkeit zu den Scharfschützen gekommen.

Hier suchte er sich mit Gewalt im Ansehen zu erhalten, ohne sich anzustrengen, lediglich durch seinen Geldbeutel. Er lud die Unterinstruktoren und die Kameraden fortwährend zum Zechen ein und gedachte sich durch plumpe Freigebigkeit Nachsicht und Freiheit zu verschaffen. Doch erreichte er nichts, als daß er gehänselt wurde und allerdings eine Art Nachsicht genoß, indem man es bald aufgab, etwas Rechtes aus ihm zu machen und ihn laufen ließ, solang er die andern nicht störte. Ein einziger Rekrut schloß sich ihm an und machte ihm den Bedienten, putzte ihm Waffen und Zeug und redete zu seinen Gunsten, und das war ein reicher Bauernsohn und junger Geizkragen, welcher stets furchtbare Freß- und Trinklust empfand, sobald er sie auf fremde Kosten befriedigen konnte. Der glaubte sich den Himmel zu verdienen, wenn er seine blanken Taler vollzählig wieder nach Hause tragen und doch sagen konnte, er habe lustig gelebt während des Dienstes und gezecht wie ein wahrer Scharfschütz; er war dabei lustig und guter Dinge und unterhielt seinen Gönner, der bei weitem nicht besaß, was er, mit seiner dünnen Fistelstimme, womit er hinter der Flasche allerlei ländliche Modelieder gar seltsam zu singen wußte; denn er war ein fröhlicher Geizhals. So lebten die beiden, Ruckstuhl, der junge Schnapphahn, und Spörri, der junge Bauernfilz, in herrlicher Freundschaft. Jener hatte immerdar Fleisch und Wein vor sich stehen und tat was er mochte, und dieser verließ ihn so wenig als möglich, sang und putzte ihm die Stiefel und verschmähte sogar die kleinen Geldgeschenke nicht, die jener abließ.

Die andern trieben indessen ihren Spott mit ihnen und machten unter sich aus, daß Ruckstuhl in keiner Kompanie sollte geduldet werden. Das galt jedoch für seinen Famulus nicht, denn der war wunderlicher Weise ein guter Schütz, und im Heer ist jeder willkommen, der seine Sache versteht, mag er dabei ein Philister oder ein Wildfang sein.

Karl war der erste, wenn man sich über das Paar lustig machte; aber in einer Nacht verging ihm der Spaß, als der weinselige Ruckstuhl, nachdem schon alles still war im Zimmer, seinem Anhänger vorprahlte, was er für ein Herr sei und wie er in Bälde dazu eine reiche Frau zu nehmen gedächte, die Tochter des Zimmermeisters Frymann, die ihm nach allem, was er gemerkt, nicht entgehen könne.

Jetzt war Karls Ruhe dahin, und am nächsten Tage ging er, sobald er eine Stunde frei hatte, zu seinen Eltern, um zu horchen, was es gebe. Da er aber selbst nicht von der Sache beginnen mochte, so vernahm er nichts von Herminen, bis erst, als er wieder ging, die Mutter ihm einen Gruß von ihr ausrichtete.

„Wo habt Ihr sie denn gesehen?“ fragte er möglichst kaltblütig.

„Ei, sie kommt jetzt alle Tage mit der Magd auf den Markt und lernt einkaufen. Ich muß ihr dabei Anleitung geben, wenn wir uns treffen, und wir gehen dann auf dem ganzen Markte herum und haben viel zu lachen; denn sie ist immer lustig."

„So?" sagte der Vater, „darum bleibst du manchmal so lange weg? Und was treibst du da für Kuppelei? Schickt sich das für eine Mutter, so zu handeln und mit Personen herumzulaufen, die dem Sohne verboten sind, und ihre Grüße zu bestellen?"

„Was verbotene Personen? Kenne ich das gute Kind nicht von klein auf, habe es noch auf dem Arm getragen und soll nicht mit ihm umgehen? Und soll sie die Leute in unserm Hause nicht grüßen dürfen? Und soll das eine Mutter nicht besorgen? Und sollte eine Mutter ihre Kinder nicht verkuppeln dürfen? Mich dünkt, sie ist gerade die rechte Behörde dazu! Aber von dergleichen Dingen sprechen wir gar nicht, wir Frauensleute sind nicht halb so erpicht auf euch ungezogene Männer, und wenn ich der Hermine zu raten habe, so nimmt sie gar keinen!"

Karl hörte das Gespräch nicht mehr zu Ende, sondern ging seiner Wege; denn er hatte einen Gruß und von einer verdächtigen Neuigkeit war nicht die Rede gewesen. Nur legte er den Finger an die Nase, warum Hermine wohl so lustig sei, da sie sonst nie viel gelacht habe? Er legte es endlich zu seinen Gunsten aus und nahm an, sie sei nur lustig, weil sie seine Mutter antreffe. So beschloß er, sich still zu halten, dem Mädchen etwas Gutes zuzutrauen und die Dinge geschehen zu lassen.

Einige Tage später kam Hermine mit dem Strickzeug zu Frau Hediger auf Besuch, und es herrschte da eine große Freundlichkeit, Gespräch und Lachen, so daß Hediger, der einen feinen Bratenrock zuschnitt, in seiner Werkstatt fast gestört wurde und sich wunderte, was da für eine Gevatterin angekommen sei. Doch achtete er nicht lange darauf, bis er endlich hörte, daß seine Frau über einen Schrank ging und im blauen Kaffeegeschirr klapperte. Die Büchsenschmiedin kochte nämlich einen Kaffee, so gut sie ihn je gekocht; auch nahm sie eine tüchtige Handvoll Salbeiblätter, tauchte sie in einen Eierteig und buk sie in heißer Butter zu sogenannten Mäuschen, da die Stiele der Blätter wie Mausschwänze aussahen. Sie gingen prächtig auf, daß es eine getürmte Schüssel voll gab, deren Duft mit demjenigen des reinen Kaffees zum Meister empor stieg. Als er vollends hörte, wie sie Zucker klopfte, wurde er höchst ungeduldig, bis man ihn zum „Trinken" rief; aber er wäre keinen Augenblick vorher gegangen, denn er gehörte zu den Festen und Aufrechten. Als er nun in die Stube trat, sah er seine Frau und die ziervolle verbotene Person in dicker Freundschaft hinter der Kanne sitzen, und zwar hinter der blaugeblümten, und außer den Mäuslein stand noch Butter da und die blaugeblümte Büchse voll Honig; es war zwar kein Bienenhonig, sondern nur Kirschmus, ungefähr von der Farbe von Hermines Augen; und dazu war es Sonnabend, ein Tag, wo alle ehrbaren Bürgersfrauen fegen und scheuern, kehren und bohnen und keinen genießbaren Bissen kochen.

Hediger sah sehr kritisch auf die ganze Anstalt und grüßte mit strenger Miene; allein Hermine war so holdselig und dabei resolut, daß er wie aufs

Maul geschlagen da saß und damit endigte, daß er selbst ein „Glas Wein" aus dem Keller holte und sogar aus dem kleinen Fäßchen. Hermine erwiderte die Gnade dadurch, daß sie behauptete, es müsse für Karl auch ein Teller voll Mäuse aufbewahrt werden, da er in der Kaserne doch nicht viel Gutes hätte. Sie nahm ihren Teller und zog mit den zierlichen Fingern eigenhändig die schönsten Mäuschen an den Schwänzen aus der Schüssel und so viele, daß die Mutter selbst zuletzt rief, es sei nun genug. Jene stellte aber den Teller neben sich, betrachtete ihn wohlgefällig von Zeit zu Zeit, nahm auch etwa wieder ein Stück daraus und aß es, indem sie sagte, sie sei jetzt bei Karl zu Gaste, und ersetzte den Raub gewissenhaft aus der Schüssel.

Endlich wurde das Ding dem guten Hediger zu bunt; er kratzte sich hinter den Ohren, und so eilig seine Arbeit war, zog er doch schnell den Rock an und rannte fort, den Vater der Sünderin aufzusuchen. „Wir müssen aufpassen!" sagte er zu ihm, „deine Tochter sitzt in dickster Herrlichkeit bei meiner Alten, und es ist mir ein sehr verdächtiges Getue, du weißt, die Weiber sind des Teufels."

„Warum jagst du den Aff nicht fort?" sagte Frymann ärgerlich.

„Ich fortjagen? das werd' ich bleiben lassen, das ist ja eine Staatshexe! Komm du selbst und sieh nach!"

„Gut, ich komme sogleich mit und werde dem Kind angemessen bedeuten, was es zu tun hat!"

Als sie aber hinkamen, fanden sie statt des Fräuleins den Scharfschützen, der seine grüne Weste aufgeknöpft hatte und sich das aufgehobene Gebäck und den Rest des Weines um so besser schmecken ließ, als ihm die Mutter beiläufig mitgeteilt hatte, Hermine würde diesen Abend wieder einmal auf dem See fahren, da es so schöner Mondschein und schon vier Wochen her sei, seit sie es getan.

Karl fuhr um so zeitiger auf den See hinaus, als er mit dem Zapfenstreich, den die Zürcher Trompeter in himmlischen Harmonien ertönen lassen in schönen Frühlings- und Sommernächten, wieder einrücken mußte. Es war noch nicht völlig dunkel, da er vor den Zimmerplatz kam; aber o weh, des Herren Frymanns Bootchen schwamm nicht wie sonst im Wasser, sondern lag umgekehrt auf zwei Böcken, wohl zehn Schritte vom Ufer entfernt.

Sollte das eine Fopperei sein oder ein Streich von dem Alten? dachte er und wollte eben betrübt und aufgebracht abfahren, als der große goldene Mond aus den Wäldern des Zürichberges heraufstieg und zugleich Hermine hinter einer blühenden Weide hervortrat, die ganz voll gelber Kätzen hing.

„Ich wußte nicht, daß unser Schiff neu angemalt wird", flüsterte sie, „ich muß daher in deines kommen, fahr schnell weg!" Und sie sprang leichten Fußes zu ihm hinein und setzte sich ans andere Ende seines Jagers, der kaum sieben Schuh lang war. Sie fuhren hinaus, bis sie jedem spähenden Blick entschwanden, und Karl stellte unverweilt Herminen wegen Ruckstuhl zur Rede, indem er dessen Worte und Taten erzählte.

„Ich weiß", antwortete sie, „daß dieser Monsieur mich zur Frau begehrt und daß mein Vater sogar nicht abgeneigt ist, ihm zu willfahren; er hat schon davon gesprochen."

„Reitet ihn denn der Teufel, dich diesem Strolch und Tagdieb zu geben? Wo bleiben denn seine gravitätischen Grundsätze?"

Hermine zuckte die Achseln und erwiderte: „Der Vater hat einmal die Idee, eine Anzahl großer Häuser zu bauen und damit zu spekulieren; darum möchte er einen Schwiegersohn haben, der ihm darin zur Hand geht, besonders was das Spekulieren betrifft, und indem er für das Ganze besorgt ist, weiß, daß er seinen eigenen Nutzen fördert. Er denkt sich ein gemeinschaftliches, vergnügtes Schaffen und Spintisieren, wie er es gewünscht hätte mit einem eigenen Sohne zu teilen, und nun scheint ihm dieser Herr das rechte Genie dazu zu sein. Dem fehlt nichts, sagt er, als ein tüchtiges Geschäftsleben, um ein ganzer Praktikus zu werden. Von seiner einfältigen Lebensart weiß der Vater nichts, weil er nicht auf das Tun der Leute sieht und nirgends hinkommt, als zu seinen alten Freunden. Kurz, der Ruckstuhl ist morgen, da es Sonntag ist, bei uns zum Essen eingeladen, um die Bekanntschaft zu festigen, und ich fürchte, daß er gleich mit der Tür ins Haus fallen wird. Er ist zudem ein schmählicher Wohldiener und frecher Mensch, wie ich gehört habe, wenn er etwas erschnappen will, woran ihm gelegen ist."

„Ei nun", sagte Karl, „so wirst du ihn gehörig abtrumpfen!"

„Das werde ich auch tun; aber besser wäre es, wenn er gar nicht käme und meinen Papa im Stich ließe!"

„Das wäre freilich besser; aber es ist ein frommer Wunsch, er wird sich wohl hüten, weg zu bleiben."

„Ich habe mir einen Plan ausgedacht, der freilich etwas sonderbar ist. Könntest du ihn nicht heute noch oder morgen früh zu einer Dummheit verführen, daß ihr miteinander Arrest erhieltet für vierundzwanzig oder achtundvierzig Stunden?"

„Du bist sehr gütig, mich zwei Tage ins Loch zu schicken, um dir ein Nein zu ersparen! Tust du's nicht billiger?"

„Es ist notwendig, damit unser Gewissen nicht zu sehr leidet, daß du das Leiden mit ihm teilest! Was das Nein betrifft, so wünsche ich gar nicht in die Lage zu kommen, ja oder nein zu dem Menschen sagen zu müssen; es ist schon genug, daß er in den Kasernen von mir spricht. Weiter soll er es nicht einmal bringen."

„Du hast recht, mein Schätzchen! Dennoch denke ich den Schlingel allein ins Loch spazieren zu lassen, es dämmert mir ein Projekt auf. Doch genug hievon, es ist schade für die köstliche Zeit und um den goldenen Mondschein! Denkst du dir nichts dabei?"

„Was soll ich mir dabei denken?"

„Daß wir uns vier Wochen nicht gesehen haben und daß du heute nicht wohl ungeküßt das Land betreten dürftest!"

„Willst d u mich etwa küssen?"

„Ja, ich! aber es eilt mir gar nicht, ich habe dich zu sicher in der Hand!

Ich will mich noch einige Minuten, vielleicht fünf, höchstens sechs, darauf freuen!"

„So so! Ist das nun der Dank für mein Vertrauen, und ist es dir wirklich ernst? Lässest du nicht mit dir unterhandeln?"

„Und wenn du mit Engelszungen redetest, mit nichten! Jetzt ist guter Rat einmal teuer, mein Fräulein!"

„So will ich Ihnen auch etwas vortragen, mein Herr! Wenn du mich heute abend noch nur mit einer Fingerspitze berührst gegen meinen Willen, so ist es aus zwischen uns und ich werde dich nie wieder sehen; das schwöre ich dir bei Gott und bei meiner Ehre! denn es ist mir ernst."

Ihre Augen funkelten, als sie das sagte. „Das wird sich dann schon geben", erwiderte Karl, „halte dich nur still, ich werde jetzt bald kommen!"

„Tu was du willst!" sagte Hermine kurz und schwieg. Allein sei es, daß er sie doch für fähig hielt, ihr Wort zu halten, oder daß er selbst nicht wünschte, daß sie ihren Schwur bräche, er blieb gehorsam an seinem Platze sitzen und schaute mit blitzenden Augen zu ihr hinüber, im Mondlichte spähend, ob sie nicht mit den Mundwinkeln zucke und ihn auslache.

„Ich muß mich also wieder mit der Vergangenheit trösten und durch meine Erinnerungen entschädigen", begann er nach einer kleinen Stille; „wer sollte es diesem strengen, fest geschlossenen Mündchen ansehen, daß es vor vielen Jahren schon so süße Küsse zu geben wußte?"

„Fängst du wieder an mit deinen unverschämten Erfindungen? Aber wisse, daß ich das ärgerliche Zeug auch nicht länger anhören will!"

„Sei nur ruhig! Nur noch diesmal wollen wir unsere Betrachtungen rückwärts lenken in jene goldene Zeit, und zwar wollen wir reden von dem letzten Kusse, den du mir gegeben hast, ich erinnere mich der Umstände, als ob es heute wäre, deutlich und klar, und ich bin überzeugt, du desgleichen! Ich war schon dreizehn Jahre alt, du etwa zehn, und schon einige Jahre waren verflossen, ohne daß wir uns mehr geküßt hätten, denn wir dünkten uns nun große Leute. Da sollte es doch noch einen angenehmen Schluß geben; oder war er die frühe Lerche, die den neuen Morgen verkündete? Es war an einem schönen Pfingstmontag —"

„Nein, Himmelfahrtstag —", unterbrach ihn Hermine, schwieg jedoch, ohne das Wort ganz auszusprechen.

„Du hast recht, es war ein prachtvoller Himmelfahrtstag im Monat Mai, wir waren mit einer Gesellschaft junger Leute ausgezogen, wir zwei die einzigen Kinder dabei. Du hieltest dich an die großen Mädchen und ich mich an die Jünglinge, und wir verschmähten, miteinander zu spielen oder auch nur zu reden. Nachdem man schon weit und breit herumgekommen, ließ man sich in einem hohen und lichten Gehölz nieder und begann ein Pfänderspiel; denn der Abend war nicht mehr fern und die Gesellschaft wollte nicht ohne einige Küsserei nach Hause kehren. Zwei Leute wurden verurteilt, sich mit Blumen im Munde zu küssen, ohne dieselben fallen zu lassen. Als dieses und die nachfolgenden Paare das Kunststück nicht zustande brachten, kamst du plötzlich ganz unbefangen auf mich zugelaufen, ein Maiglöckchen im Munde, stecktest mir auch ein solches zwischen die Lippen und sagtest: Probier einmal! Richtig fielen beide Blümchen auf die Erde zu ihren Geschwistern, du setztest aber im Eifer dennoch dein Küßchen ab. Es war, wie wenn ein leichter schöner Schmetterling abgesessen wäre, und ich griff unwillkürlich mit zwei Fingerspitzen darnach, ihn zu haschen. Da glaubte man, ich wolle den Mund abwischen und lachte mich aus."

„Hier sind wir am Lande!" sagte Hermine und sprang hinaus. Dann kehrte sie sich freundlich noch einmal gegen Karl.

„Weil du dich so still gehalten und meinem Worte die Ehre gegeben hast, die ihm gebührt", sagte sie, „so will ich, wenn es nötig sein sollte, auch vor vier Wochen wieder mit dir fahren und es dir in einem Briefchen anzeigen. Es wird das erste Schriftliche sein, das ich dir anvertraue."

Damit eilte sie nach dem Hause. Karl dagegen fuhr eilig nach dem Hafenplatz, um den Zapfenstreich der biederen Trompeter nicht zu versäumen, der wie ein schartiges Rasiermesser die laue Luft durchschnitt.

Er traf schon auf dem Wege mit Ruckstuhl und Spörri zusammen, die gelind angesäuselt waren; sie freundschaftlich und bieder begrüßend, faßte er den ersten unter den Arm und fing an, ihn zu rühmen und zu loben: „Was Teufels haben Sie wieder getrieben? Was haben Sie wieder für Streiche ausgeheckt, Sie schlimmer Patron? Sie sind doch der splendideste Schütz im ganzen Kanton, was sage ich! in der ganzen Schweiz!"

„Donner!" rief Ruckstuhl, höchst geschmeichelt, daß einmal ein anderer als Spörri sich an ihn machte und ihn rühmte, „Donner! daß wir schon ins Nest müssen! Können wir nicht noch schnell eine Flasche Guten abtun?"

„Bst! das können wir auf dem Zimmer ausrichten! Es ist ohnehin Sitte bei den Scharfschützen, daß man wenigstens einmal während des Dienstes die Offiziere hintergeht und heimlich eine Nacht durch auf dem Zimmer zecht. Und wir wollen als Rekruten zeigen, daß wir der Spezialwaffe würdig sind."

„Das wäre ein Hauptspaß! Ich zahle den Wein, so wahr ich Ruckstuhl heiße! Aber schlau müssen wir sein, listig wie die Schlangen, sonst sind wir geliefert!"

„Nur ruhig, wir sind die rechten Leute! Wir wollen nur recht still und scheinheilig einrücken und keinerlei Aufhebens machen!"

Als sie in die Kaserne kamen, waren die andern Zimmergenossen alle in der Wirtschaft und nahmen dort den Schlaftrunk. Karl zog einige ins Vertrauen, die teilten es weiter mit, und so versah sich jeder mit ein paar Flaschen, die sie unbemerkt, einer nach dem andern, hinaustrugen und unter den Betten verbargen. Auf dem Zimmer, als es zehn Uhr schlug, legten sie sich ruhig ins Bett, bis nachgesehen war, ob die Lichter gelöscht seien. Dann standen alle wieder auf, verhingen die Fenster mit Mänteln und zündeten die Lichter wieder an, zogen den Wein hervor und begannen zu pokulieren, daß es eine Art war, und Ruckstuhl dünkte sich wie in Elysium, da alle ihm zutranken und ihn einen großen Mann sein ließen.

Denn der heiße Wunsch, auch beim Militär zu gelten, ohne etwas dafür zu tun, machte ihn dümmer, als er eigentlich war. Als er nebst seinem Trabanten gehörig zugedeckt schien, wurden erst verschiedene Trinkspiele aufgeführt. Der eine mußte auf dem Kopf stehend eine Gießkelle voll Wein austrinken, die ihm einer vorhielt, der andere auf einen Stuhl sitzen und, während eine an die Decke gehängte und in Umschwung gesetzte Bleikugel seinen Kopf umkreiste, drei Gläser leeren, ehe die Kugel den Kopf berührte, der dritte etwas anderes, und jeder, der es nicht vollbrachte, erhielt irgend eine drollige Strafe. Alles dies wurde in größter Stille vollzogen; wer laut wurde, verfiel ebenfalls in Buße, und alle waren im Hemde, um bei einer Überraschung schnell ins Bett kriechen zu können. Wie nun die Zeit nahte, wo die Runde durch die Gänge strich, wurde den zwei Freunden auch ein Trinkstück aufgegeben. Sie sollten sich gegenseitig zwei auf die flache Klinge gesetzte volle Gläser an den Mund halten und dieselben austrinken, ohne einen Tropfen zu vergießen. Prahlend zogen sie vom Leder und kreuzten die mit Gläsern beschwerten Weidmesser; aber sie zitterten dergestalt, daß die Gläser herabfielen und sie nicht einen Tropfen erschnappten. Sie wurden daher angewiesen, eine Viertelstunde in „kleiner Uniform" vor der Türe Schildwache zu stehen, und solche Unternehmung wurde als das Kühnste gepriesen, was seit Menschengedenken in dieser Kaserne verübt worden sei. Über das bloße Hemd wurde ihnen Weidsack und Weidmesser kreuzweis umgehängt, dazu mußten sie den Tschako aufsetzen und die schwarzen Überstrümpfe anziehen, aber ohne Schuhe, und so wurden sie, den Stutzer in der Hand, vor die Türe geführt und an beiden Pfosten aufgestellt. Kaum waren sie dort, so schob man den Riegel vor, tilgte alle Spuren des Gelages, enthüllte die Fenster, löschte die Lichter und schlüpfte jeder in sein Bett, als hätte er schon seit Stunden geschlafen. Die beiden Schildwachen gingen indessen im Scheine der Ganglaterne auf und ab, die Büchse auf der Schulter, und schauten mit kühnen Blicken um sich. Spörri, der wegen des Gratisrausches in seligster Stimmung war, wurde ganz übermütig und hub plötzlich an zu singen, und das beschleunigte die Schritte des diensthabenden Offiziers, der schon auf dem Wege war. Als er herannahte, wollten sie rasch ins Zimmer entschlüpfen; aber die Türe ging nicht auf, und ehe sie sich zu helfen wußten, war der Feind da. Jetzt tanzte in ihrem Kopfe alles durcheinander. Sie stellten sich in der Verwirrung jeder vor seinen Pfosten, präsentierten das Gewehr und riefen Werda!

„Was Kreuzsackerment soll das heißen? Was treibt ihr da?" rief die Runde, ohne jedoch eine genügende Antwort zu erhalten, da die beiden Käuze kein vernünftiges Wort hervorbrachten. Der Offizier öffnete rasch die Türe und sah in das Zimmer; denn Karl, der die Ohren gespitzt, war schnell aus dem Bette gesprungen, hatte den Riegel zurückgeschoben und sich ebenso rasch wieder unter die Decke gemacht. Als der Offizier sah, daß alles dunkel und still war, und nichts hörte, als schnaufen und schnarchen, rief er: „Heda, Leute!"

„Geht zum Teufel!“ rief Karl, „und legt euch einmal schlafen, ihr Trunkenbolde!“ Auch die andern stellten sich, als ob sie geweckt würden, und riefen: „Sind die Bestien noch nicht im Bett? Werft sie hinaus, ruft die Wache!“

„Sie ist schon da, ich bin's!“ sagte der Offizier, „mach' einer von euch Licht, rasch!“ Es geschah, und als die Besessenen beleuchtet wurden, erhob sich ein Gelächter unter allen Bettdecken hervor, wie wenn sämtliche Mannschaft von dem Anblick im höchsten Grad überrascht wäre. Ruckstuhl und Spörri lachten mit, wie die Narren, marschierten herum und hielten sich die Bäuche; denn ihre Geister hatten wieder eine andere Richtung eingeschlagen. Ruckstuhl machte dem Offizier ein Schnippchen ums andere unter die Nase, und Spörri streckte ihm die Zunge heraus. Als der Verhöhnte sah, daß mit dem fröhlichen Paare nichts anzufangen sei, zog er seine Schreibtafel hervor und schrieb ihre Namen auf. Nun traf es sich zum Unglück, daß er gerade in einem von Ruckstuhls Häusern wohnte und, da eben Ostern vorüber war, den Mietzins noch nicht bezahlt hatte, sei es weil er nicht bei Geld war oder weil er des Dienstes wegen die Sache versäumt. Kurz, Ruckstuhls Genius verfiel urplötzlich auf diesen Gegenstand, und er stotterte lachend, indem er gegen den Offizier torkelte: „Bezahlen — zahlen Sie zuerst Ihre Schu — Schulden, Herr Lieutenant, e — eh' Sie di — die Leute aufschreiben — schreiben! Wissen Sie wohl?“ Spörri aber lachte noch lauter, schwankte und krebste rückwärts, mit dem Kopfe wackelnd, und fistelte: „Be — be be be — bezahlen Sie Ihre Schulden, Herr Lieutenant, da — da das ist gu — gut gesagt, gut gesagt!“

„Stehen vier Mann auf“, sagte jener ruhig, „und führen die Arrestanten auf die Wache! man soll sie augenblicklich scharf einsperren; in drei Tagen wollen wir vorläufig sehen, ob sie ausgeschlafen haben. Werft ihnen die Mäntel über und gebt ihnen die Hosen auf den Arm. Marsch!“

„Die Ho Ho Ho — die Ho — Hosen“, schrie Ruckstuhl, „die brauchen wir, da — da fällt noch wa — wa — was raus, wenn man sie schüttelt!“

„Ra — ra raus, wenn man sie sch — schüttelt, Herr Lieutenant!“ wiederholte Spörri und beide schwangen die Beinkleider herum, daß die Taler darin erklangen. So zogen sie mit ihrer Begleitung lachend und lärmend durch die Gänge, die Treppen hinunter und verschwanden bald in einem kellerartigen Raume des Erdgeschosses, worauf es still wurde.

Am folgenden Mittag wurde bei Meister Frymann der Tisch ungewöhnlich reich gedeckt. Hermine füllte die geschliffenen Flaschen mit Sechsundvierziger, stellte die glänzenden Gläser neben die Teller, legte schöne Servietten darauf und zerschnitt ein frisches Brot aus der Bäckerei zur Henne, wo ein altherkömmliches Gastbrot gebacken wurde, das Entzücken aller Kinder und Kaffeeschwestern von Zürich. Auch schickte sie einen sonntäglich geputzten Lehrling zum Pastetenbeck, die Makkaronipastete und den Kaffeekuchen zu holen, und endlich stellte sie auf einem Seitentischchen den Nachtisch zurecht, die Hüpli und Offleten, das Gleichschwer und die Pfaffenmümpfel und den Gugelhupf. Frymann, der durch die schöne

Sonntagsluft angenehm erregt war, entnahm aus diesem Eifer, daß die Tochter seinen Plänen keinen ernstlichen Widerstand leisten wolle, und er sagte vergnügt zu sich selbst: So sind sie alle! Sobald eine annehmbare und bestimmte Gelegenheit an sie herantritt, so machen sie kurz ab und nehmen sie beim Schopf!

Nach alter Sitte war Herr Ruckstuhl auf Punkt zwölf geladen. Als er ein Viertel nach zwölf nicht da war, sagte Frymann: „Wir wollen essen; man muß den Musjö beizeiten an Ordnung gewöhnen!" Und als er nach der Suppe immer noch nicht kam, rief der Meister die Lehrlinge und die Magd herbei, welche heute allein essen sollten und teilweise schon fertig waren, und sagte zu ihnen: „Da eßt noch mit, wir wollen das Zeug nicht angaffen! Haut zu und laßt es euch schmecken, wer nicht kommt zur rechten Zeit, der soll haben was übrig bleibt!"

Das ließen sich die nicht zweimal sagen und waren fröhlich und guter Dinge, und Hermine war am aufgewecktesten und empfand um so besseren Appetit, je verdrießlicher und unlustiger der Vater wurde. „Das scheint ein Flegel zu sein!" brummte er vor sich hin; sie hörte es aber und sagte: „Gewiß hat er keinen Urlaub bekommen, man muß ihn nicht voreilig verurteilen!"

„Was Urlaub! Verteidigst du ihn schon? Wie wird der keinen Urlaub bekommen, wenn es ihm darum zu tun ist?"

Äußerst unmutig beendigte er die Mahlzeit und ging sogleich und gegen seine Gewohnheit auf ein Kaffeehaus, nur um sich nicht mehr von dem nachlässigen Freier antreffen zu lassen, wenn er endlich käme. Gegen vier Uhr kehrte er, statt wie gewohnt seine Sonntagsgesellschaft, die sieben Männer, aufzusuchen, nochmals zurück, neugierig, ob Ruckstuhl sich nicht gezeigt habe? Als er durch den Garten kam, saß Frau Hediger mit Herminen, da es ein warmer Frühlingstag war, im Gartenhaus, und sie tranken den Kaffee und aßen die Pfaffenmümpfel und den Gugelhupf und schienen sehr aufgeräumt. Er begrüßte die Frau, und obgleich ihr Anblick ihn wurmte, frug er sie sogleich, ob sie nichts aus der Kaserne wüßte, und ob vielleicht die Schützen einen gemeinsamen Ausflug gemacht hätten?

„Ich glaube nicht", sagte Frau Hediger, „am Morgen sind sie in der Kirche gewesen und nachher ist Karl zum Essen zu uns gekommen; wir hatten Schafbraten, und den läßt er nie im Stich!"

„Hat er nichts von Herrn Ruckstuhl gesagt, wo der hin sei?"

„Von Herrn Ruckstuhl? Ja, der sitzt mit noch einem im scharfen Arrest, weil er einen schrecklichen Rausch trank und sich gegen die Vorgesetzten verging; es soll eine große Komödie gewesen sein."

„Hol' ihn der Teufel!" sagte Frymann und ging stracks hinweg. Eine halbe Stunde später sagte er zu Hediger: „Nun hockt deine Frau bei meiner Tochter im Garten und freut sich mit ihr, daß mir ein Heiratsprojekt gescheitert ist."

„Warum jagst du sie nicht fort? Warum hast du sie nicht angeschnurrt?"

„Wie kann ich, da wir in alter Freundschaft stehen? Siehst du, so verwirren uns diese verdammten Geschichten jetzt schon die Verhältnisse! Darum fest geblieben! Nichts von Schwäherschaft!“

„Nichts von Gegenschwäher!“ bekräftigte Hediger und schüttelte seinem Freunde die Hand.

Der Juli und das Schützenfest von 1849 standen nun vor der Türe, es dauerte kaum noch vierzehn Tage bis dahin. Die sieben Männer hielten wieder eine Sitzung; denn Becher und Fahne waren fertig und wurden vorgezeigt und für recht befunden. Die Fahne ragte in der Stube aufgepflanzt und in ihrem Schatten erhob sich nun die schwierigste Verhandlung, welche die Aufrechten je bewegt. Denn plötzlich stellte sich die Wahrheit heraus, daß zu einer Fahne ein Sprecher gehöre, wenn man mit derselben aufziehen wolle, und die Wahl dieses Sprechers war es, die das siebenbemannte Schifflein fast hätte stranden lassen. Dreimal wurde die ganze Mannschaft durchgewählt, und dreimal lehnte sie es der Reihe nach des entschiedensten ab. Alle waren erbost, daß keiner sich unterziehen wollte, und jeder war erzürnt, daß man gerade ihm die Last aufbürdete und das Unerhörte zumutete. So eifrig sich andere herbeidrängen, wo es gilt, das Maul aufzusperren und sich hören zu lassen, so scheu wichen diese vor der Gelegenheit zurück, öffentlich zu reden, und jeder berief sich auf sein Ungeschick und darauf, daß er es noch nie in seinem Leben getan und weder tue noch tun werde. Denn sie hielten noch das Reden für eine ehrwürdige Kunst, die ebensoviel Talent als Studium verlange, und sie hegten noch eine rückhaltlose und ehrliche Achtung vor guten Rednern, die sie zu rühren wußten, und nahmen alles für ausgemacht und heilig, was ein solcher sagte. Sie unterschieden diese Redner scharf von sich selbst und legten sich dabei das Verdienst des aufmerksamen Zuhörens, der gewissenhaften Erwägung, Zustimmung oder Verwerfung bei, welches ihnen eine hinlänglich rühmliche Aufgabe schien.

Als nun auf dem Wege der Abstimmung kein Sprecher erhältlich war, entstand ein Tumult und allgemeiner Lärm, in welchem jeder den andern zu überzeugen suchte, daß er sich opfern müsse. Besonders hatten sie es auf Hediger und Frymann abgesehen und drangen auf sie ein. Die wehrten sich aber gewaltig und schoben es einer auf den andern, bis Frymann Stille gebot und sagte: „Ihr Mannen! Wir haben eine Gedankenlosigkeit begangen und müssen nun einsehen, daß wir am Ende unsere Fahne lieber zu Hause lassen, und so wollen wir uns kurz dazu entschließen und ohne alles Aufsehen das Fest besuchen!“

Eine große Niedergeschlagenheit folgte diesen Worten. „Er hat recht“, sagte Kuser, der Silberschmied. „Es wird uns nichts anderes übrig bleiben“, Syfrig, der Pflugmacher. Doch Bürgi rief: „Es geht nicht! Schon kennt man unser Vorhaben und daß die Fahne gemacht ist. Wenn wir’s unterlassen, so gibt es eine Kalendergeschichte!“

„Das ist auch wahr", bemerkte Erismann, der Wirt, „und die Zöpfe, unsre alten Widersacher, werden den Spaß handlich genug ausbeuten."

Ein Schrecken durchrieselte die alten Gebeine bei dieser Vorstellung, und die Gesellschaft drang aufs neue in die beiden begabtesten Mitglieder; die wehrten sich abermals und drohten am Ende sich zurückzuziehen.

„Ich bin ein schlichter Zimmermann und werde mich niemals dem Gespötte aussetzen!" rief Frymann, wogegen Hediger einwarf: „Wie soll erst ich armer Schneider es tun? Ich würde euch alle lächerlich machen und mir selbst schaden ohne allen Zweck. Ich schlage vor, daß einer von den Wirten angehalten werden soll, die sind noch am meisten an die Menge gewöhnt!"

Die verwahrten sich aber aufs heftigste und Pfister schlug den Schreiner vor, der ein Spaßvogel sei. „Was Spaßvogel?" schrie Bürgi, „ist das etwa ein Spaß, einen eidgenössischen Festpräsidenten anzureden vor tausend Menschen?" — Ein allgemeiner Seufzer beantwortete diesen Ausspruch, der das Schwierige der Aufgabe aufs neue vor die Augen stellte.

Es entstand nun allmählig ein Hinaus- und ein Hineinlaufen und ein Gemunkel in den Ecken. Frymann und Hediger blieben allein am Tische sitzen und sahen finster drein, denn sie merkten, daß es ihnen am Ende doch wieder an den Kragen ging. Endlich, als alle wieder beisammen waren, trat Bürgi vor jene hin und sprach: „Ihr zwee Mannen, Chäpper und Daniel! Ihr habt beide so oft zu unserer Zufriedenheit unter uns gesprochen, daß jeder von euch, wenn er nur will, recht gut eine kurze öffentliche Anrede halten kann! Es ist der Beschluß der Gesellschaft, daß ihr unter euch das Los zieht, und damit basta! Ihr werdet euch der Mehrheit fügen, zwei gegen fünf!"

Ein neuer Lärm bekräftigte diese Worte; die Angeredeten sahen sich an und fügten sich kleinmütig endlich dem Beschlusse, aber nicht ohne die Hoffnung eines jeden, daß das bittere Los dem andern zufallen werde. Es fiel auf Frymann, welcher zum ersten Mal mit schwerem Herzen die Versammlung der Freiheitliebenden verließ, während Hediger sich entzückt die Hände rieb; so rücksichtslos macht die Selbstsucht die ältesten Freunde.

Frymanns Freude auf das Fest war ihm nun dahingenommen und seine Tage verdunkelten sich. Jeden Augenblick dachte er an die Rede, ohne daß sich der mindeste Gedanke gestalten wollte, weil er ihn weit in der Ferne herum suchte, anstatt das Nächste zu ergreifen und zu tun, als ob er nur bei seinen Freunden wäre. Die Worte, welche er unter diesen zu sprechen pflegte, erschienen ihm als Geschwätz, und er grübelte nach etwas Absonderlichem und Hochtrabendem herum, nach einem politischen Manifest, und zwar nicht aus Eitelkeit, sondern aus bitterem Pflichtgefühl. Endlich fing er an, ein Blatt Papier zu beschreiben, nicht ohne viele Unterbrechungen, Seufzer und Flüche. Er brachte mit saurer Mühe zwei Seiten zustande, obgleich er nur wenige Zeilen hatte abfassen wollen; denn er konnte den Schluß nicht finden, und die vertrackten Phrasen hingen sich aneinander wie harzige Kletten und wollten den Schreiber nicht aus ihrem zähen Wirrsal entlassen.

Das zusammengefaltete Papierchen in der Westentasche, ging er bekümmert seinen Geschäften nach, stand zuweilen hinter einem Schuppen, las es wieder und schüttelte den Kopf. Zuletzt anvertraute er sich seiner Tochter und trug ihr den Entwurf vor, um die Wirkung zu beobachten. Die Rede war eine Anhäufung von Donnerworten gegen Jesuiten und Aristokraten, und dazwischen waren die Ausdrücke Freiheit, Menschenrecht, Knechtschaft und Verdummung u. dgl. reichlich gespickt, kurz es war eine bittere und geschraubte Kriegserklärung, in welcher von den Alten und ihrem Fähnlein keine Rede war, und dazu verworren und ungeschickt gegeben, während er sonst mündlich wohlgesetzt und richtig zu sprechen verstand.

Hermine sagte, die Rede sei sehr kräftig, doch scheine ihr dieselbe etwas verspätet, da die Jesuiten und Aristokraten für einmal besiegt seien, und sie glaube, eine heitere und vergnügte Kundgebung wäre besser angebracht, da man zufrieden und glücklich sei.

Frymann stutzte etwas, und obgleich die Schärfe der Leidenschaft in ihm, als einem Alten, noch stark genug war, so sagte er doch, sich an der Nase zupfend: „Du magst recht haben, verstehst es aber doch nicht ganz. Man muß kräftig auftreten in der Öffentlichkeit und tüchtig aufsetzen, sozusagen, wie die Theatermaler, deren Arbeit in der Nähe ein grobes Geschmier ist. Dennoch läßt sich vielleicht hie und da etwas mildern."

„Das wird gut sein", fuhr Hermine fort, „da so viele ‚also' vorkommen. Zeig einmal! Siehst du, fast jede zweite Zeile steht einmal also!"

„Hier steckt eben der Teufel!" rief er, nahm ihr das Papier aus der Hand und zerriß es in hundert Stücke. „Fertig!" sagte er, „es geht nicht, ich will nicht der Narr sein!" Doch Hermine riet ihm nun, überhaupt gar nichts zu schreiben, es darauf ankommen zu lassen und erst eine Stunde vor dem Aufzug einen Gedanken zu fassen und denselben dann frisch von der Leber weg auszusprechen, wie wenn er zu Hause wäre. „Das wird das beste sein", erwiderte er, „wenn's dann fehlt, so habe ich wenigstens keine falschen Ansprüche gemacht!"

Dennoch konnte er nicht umhin, den bewußten Gedanken schon jetzt fortwährend aufzustören und anzubohren, ohne daß er sich entwickeln wollte; er ging zerstreut und sorgenvoll herum, und Hermine beobachtete ihn mit großem Wohlgefallen.

Unversehens war die Festwoche angebrochen und in der Mitte derselben fuhren die Sieben in einem eigenen Omnibus mit vier Pferden vor Tagesanbruch nach Aarau. Die neue Fahne flatterte glänzend vom Bocke; in der grünen Seide schimmerten die Worte: F r e u n d s c h a f t i n d e r F r e i h e i t ! und alle die Alten waren vergnügt und lustig, spaßhaft und ernsthaft durcheinander, und nur Frymann zeigte ein gedrücktes und verdächtiges Aussehen.

Hermine befand sich schon in Aarau in einem befreundeten Hause, da ihr Vater sie für musterhaft geführte Wirtschaft dadurch zu belohnen pflegte, daß er sie an allen seinen Fahrten teilnehmen ließ; und schon mehr als einmal hatte sie als ein rosiges Hyazinthchen den fröhlichen Kreis der Alten geziert. Auch Karl war schon dort; obschon durch die Militärschule seine Zeit und seine Gelder genugsam in Anspruch genommen worden, so war er doch auf Hermines Aufforderung zu Fuß hinmarschiert und hatte merkwürdiger Weise ganz in ihrer Nähe ein Quartier gefunden; denn sie mußten ihrer Angelegenheit obliegen und man konnte nicht wissen, ob das Fest nicht günstig zu benutzen wäre. Gelegentlich wollte er auch schießen und führte nach seinen Mitteln fünfundzwanzig Schüsse bei sich; die wollte er versenden und nicht mehr noch weniger.

Er hatte die Ankunft der sieben Aufrechten bald aufgespürt und folgte ihnen in der Entfernung, als sie mit ihrem Fähnlein eng geschlossen nach dem Festplatze zogen. Es war der besuchteste Tag der Woche, die Straßen von ab- und zuströmendem Volke im Sonntagsgewande bedeckt; große und kleine Schützenvereine zogen mit und ohne Musik daher; aber so klein war keiner, wie derjenige der Sieben. Sie mußten sich durch das Gedränge winden, marschierten aber nichtsdestoweniger mit kleinen Schritten im Takt und hielten die Arme stramm mit geschlossenen Fäusten. Frymann trug die Fahne voran mit einem Gesicht, als ob er zur Hinrichtung geführt würde. Zuweilen sah er sich nach allen Seiten um, ob kein Entrinnen wäre; aber seine Gesellen, froh, daß sie nicht in seinen Schuhen gingen, ermunterten ihn und riefen ihm kraftvolle Kernworte zu. Schon näherten sie sich dem Festplatze; das knatternde Schützenfeuer tönte schon nah in die Ohren und hoch in der Luft wehte die eidgenössische Schützenfahne in sonniger Einsamkeit, und ihre Seide straffte sich bald zitternd aus nach allen vier Ecken, bald schlug sie anmutige Schnippchen über das Volk hin, bald hing sie einen Augenblick scheinheilig an der Stange nieder, kurz sie trieb alle die Kurzweil, die einer Fahne während acht langen Tagen einfallen kann; doch ihr Anblick gab dem Träger des grünen Fähnleins einen Stich ins Herz.

Karl hatte, indem er die luftige Fahne wehen sah und sie einen Augenblick betrachtete, den kleinen Zug plötzlich aus dem Gesichte verloren, und als er ihn mit den Augen suchte, konnte er ihn nirgends mehr entdecken; es war, als ob ihn die Erde verschlungen hätte. Rasch drängte er sich hin und wieder bis zum Eingange des Platzes und übersah diesen; kein grünes Fähnlein tauchte aus dem Gewühl. Er ging zurück und um schneller vorwärts zu kommen, lief er auf einem Seitenwege längs der Straße. Dort stand eine kleine Schenke, deren Inhaber einige magere Tännchen vor die Türe gepflanzt, einige Tische und Bänke aufgestellt und ein Stück Leinwand über das Ganze gespannt hatte, gleich einer Spinne, die ihr Netz dicht bei einem großen Honigtopfe ausbreitet, um die ein' und andere Fliege zu fangen. In diesem Häuschen sah Karl zufällig hinter dem trüben Fenster eine goldene Fahnenspitze glänzen; sofort ging er hinein, und siehe da! seine sieben Alten saßen wie von einem Donnerwetter hingehagelt in der niedern Stube, kreuz und quer auf Stühlen und Bänken und hingen die Häupter, und in der Mitte stand Frymann mit der Fahne und sagte: „Punktum! Ich tu's nicht! Ich bin ein alter Mann und will mir nicht für den Rest meiner Jahre den Makel der Torheit und einen Übernamen aufpfeffern lassen!"

Und hiermit stellte er die Fahne mit einem kräftigen Aufstoß in eine Ecke. Keine Antwort erfolgte, bis der vergnügte Wirt kam und den unverhofften Gästen eine mächtige Weinflasche vorsetzte, obgleich im Schrekken niemand bestellt hatte. Da goß Hediger ein Glas voll, trat zu Frymann hin und sagte: „Alter Freund! Brudermann! Da, trink einen Schluck Wein und ermanne dich!"

Aber Frymann schüttelte den Kopf und sprach kein Wort mehr. In großer Not saßen sie, wie sie noch nie darin gesessen; alle Putsche, Contrerevolutionen und Reaktionen, die sie erlebt, waren Kinderspiel gegen diese Niederlage vor den Toren des Paradieses.

„So kehren wir in Gottes Namen um und fahren wieder heim!" sagte Hediger, welcher befürchtete, daß das Schicksal sich doch noch gegen ihn wenden könnte. Da trat Karl, welcher bislang unter der Türe gestanden, vor und sagte fröhlich: „Ihr Herren, gebt mir die Fahne! Ich trage sie und spreche für euch, ich mache mir nichts daraus!"

Erstaunt sahen alle auf, und ein Strahl der Erlösung und Freude blitzte über alle Gesichter; nur der alte Hediger sagte streng: „Du? Wie kommst du hieher? Und wie willst du Gelbschnabel ohne Erfahrung für uns Alte reden?"

Doch rings erscholl es: „Wohlgetan! Vorwärts unentwegt! Vorwärts mit dem Jungen!" Und Frymann selbst gab ihm die Fahne; denn eine Zentnerlast fiel ihm vom Herzen und er war froh, die alten Freunde aus der Not gerissen zu sehen, in die er sie hinein geführt. Und vorwärts ging es mit erneuter Lust; Karl trug die Fahne hoch und stattlich voran, und hinten sah der Wirt betrübt nach dem entschwindenden Trugbild, das ihn einen Augenblick getäuscht hatte. Nur Hediger war jetzt finster und mutlos, da er nicht zweifelte, sein Sohn werde sie doppelt tief ins Wasser führen. Doch sie hatten schon den Platz betreten; eben zogen die Graubündner ab, ein langer Zug brauner Männer, und an ihnen vorbei und nach dem Klange ihrer Musik marschierten die Alten so taktfest als je durch das Volk. Nochmals mußten sie auf der Stelle marschieren, wie der technische Ausdruck sagt, wenn man auf demselben Flecke die Bewegung des Marsches fortmacht, da drei glückliche Schützen, welche Becher gewonnen hatten, mit Trompetern und Anhang ihren Weg kreuzten; doch das alles, verbunden mit dem heftigen Schießen, erhöhte nur ihre feierliche Berauschung, und endlich entblößten sie ihre Häupter angesichts des Gabentempels, der mit seinen Schätzen schimmerte und auf dessen Zinnen eine dichte Menge Fahnen flatterte in den Farben der Kantone, der Städte, Landschaften und Gemeinden. In ihrem Schatten standen einige schwarze Herren und einer davon hielt den gefüllten Silberpokal in der Hand, die Angekommenen zu empfangen.

Die sieben alten Köpfe schwammen wie eine von der Sonne beschienene

Eisscholle im dunklen Volksmeere, ihre weißen Härlein zitterten in der lieblichen Ostluft und weheten nach der gleichen Richtung, wie hoch oben die rot und weiße Fahne. Sie fielen wegen ihrer kleinen Zahl und wegen ihres Alters allgemein auf, man lächelte nicht ohne Achtung und alles war aufmerksam, als der jugendliche Fähndrich nun vortrat und frisch und vernehmlich diese Anrede hielt:

„Liebe Eidgenossen!

„Wir sind da unser acht Mannli mit einem Fahnli gekommen, sieben Grauköpfe mit einem jungen Fähndrich! Wie ihr seht, trägt jeder seine Büchse, ohne daß wir den Anspruch erheben, absonderliche Schützen zu sein; zwar fehlt keiner die Scheibe, manchmal trifft auch einer das Schwarze; wenn aber einer von uns einen Zentrumschuß tun sollte, so könnt ihr darauf schwören, daß es nicht mit Fleiß geschehen ist. Wegen des Silbers, das wir aus euerem Gabensaal forttragen werden, hätten wir also ruhig können zu Hause bleiben!

„Und dennoch, wenn wir auch keine ausbündigen Schützen sind, hat es uns nicht hinter dem Ofen gelitten; wir sind gekommen, nicht Gaben zu holen, sondern zu bringen: ein bescheidenes Becherlein, ein fast unbescheiden fröhliches Herz und ein neues Fahnli, das mir in der Hand zittert vor Begierde, auf eurer Fahnenburg zu wehen. Das Fahnli nehmen wir aber wieder mit, es soll nur seine Weihe bei euch holen! Seht, was mit goldener Schrift darauf geschrieben steht: F r e u n d s c h a f t i n d e r F r e i h e i t ! Ja, es ist sozusagen die Freundschaft in Person, welche wir zum Feste führen, die Freundschaft von Vaterlands wegen, die Freundschaft aus Freiheitsliebe! Sie ist es, welche diese sieben Kahlköpfe, die hier in der Sonne schimmern, zusammengeführt hat vor dreißig, vor vierzig Jahren, und zusammengehalten durch alle Stürme, in guten und schlimmen Zeiten! Es ist ein Verein, der keinen Namen hat, keinen Präsidenten und keine Statuten; seine Mitglieder haben weder Titel noch Ämter, es ist ungezeichnetes Stammholz aus dem Waldesdickicht der Nation, das jetzt für einen Augenblick vor den Wald heraus tritt an die Sonne des Vaterlandstages, um gleich wieder zurückzutreten und mitzurauschen und -zubrausen mit den tausend andern Kronen in der heimeligen Waldnacht des Volkes, wo nur wenige sich kennen und nennen können und doch alle vertraut und bekannt sind.

„Schaut sie an, diese alten Sünder! Sämtlich stehen sie nicht im Geruche besonderer Heiligkeit! Spärlich sieht man einen von ihnen in der Kirche! Auf geistliche Dinge sind sie nicht wohl zu sprechen! Aber ich kann euch, liebe Eidgenossen! hier unter freiem Himmel etwas Seltsames anvertrauen: so oft das Vaterland in Gefahr ist, fangen sie ganz sachte an, an Gott zu glauben; erst jeder leis für sich, dann immer lauter, bis sich einer dem andern verrät und sie dann zusammen eine wunderliche Theologie treiben, deren erster und einziger Hauptsatz lautet: Hilf dir selbst, so hilft dir Gott! Auch an Freudentagen, wie der heutige, wo viel Volk beisammen ist und es lacht ein recht blauer Himmel darüber, verfallen sie wiederum in diese theologischen Gedanken und sie bilden sich dann ein, der liebe Gott habe das Schweizerpanier herausgehängt am hohen Himmel und das schöne Wetter extra für uns gemacht! In beiden Fällen, in der Stunde der Gefahr und in der Stunde der Freude sind sie dann plötzlich zufrieden mit den Anfangsworten unserer Bundesverfassung: Im Namen Gottes des Allmächtigen! und eine so sanftmütige Duldsamkeit beseelt sie dann, so widerhaarig sie sonst sind, daß sie nicht einmal fragen, ob der katholische oder der reformierte Herr der Heerscharen gemeint sei!

„Kurz, ein Kind, welchem man eine kleine Arche Noe geschenkt hat, angefüllt mit bunten Tierchen, Männlein und Weiblein, kann nicht vergnügter darüber sein, als sie über das liebe Vaterländchen sind mit den tausend guten Dingen darin, vom bemoosten alten Hecht auf dem Grunde seiner Seen bis zum wilden Vogel, der um seine Eisfirnen flattert. Ei! was wimmelt da für verschiedenes Volk im engen Raume, mannigfaltig in seiner Hantierung, in Sitten und Gebräuchen, in Tracht und Aussprache! Welche Schlauköpfe und welche Mondkälber laufen da nicht herum, welches Edelgewächs und welch' Unkraut blüht da lustig durcheinander, und alles ist gut und herrlich und ans Herz gewachsen; denn es ist im Vaterlande!

„So werden sie nun zu Philosophen, den Wert der irdischen Dinge betrachtend und erwägend; aber sie können über die wunderbare Tatsache des Vaterlandes nicht hinaus kommen. Zwar sind sie in ihrer Jugend auch gereist und haben vieler Herren Länder gesehen, nicht voll Hochmut, sondern jedes Land ehrend, in dem sie rechte Leute fanden; doch ihr Wahlspruch blieb immer: Achte jedes Mannes Vaterland, aber das deinige liebe!

„Wie zierlich und reich ist es aber auch gebaut! Je näher man es ansieht, desto reicher ist es gewoben und geflochten, schön und dauerhaft, eine preiswürdige Handarbeit! Wie kurzweilig ist es, daß es nicht einen eintönigen Schlag Schweizer, sondern daß es Zürcher und Berner, Unterwaldner und Neuenburger, Graubündner und Basler gibt, und sogar zweierlei Basler! Daß es eine Appenzeller Geschichte gibt und eine Genfer Geschichte! Diese Mannigfaltigkeit in der Einheit, welche Gott uns erhalten möge, ist die rechte Schule der Freundschaft, und erst da, wo die politische Zusammengehörigkeit zur persönlichen Freundschaft eines ganzen Volkes wird, da ist das Höchste gewonnen! Denn was der Bürgersinn nicht ausrichten sollte, das wird die Freundesliebe vermögen und beide werden zu e i n e r Tugend werden!

„Diese Alten hier haben ihre Jahre in Arbeit und Mühe hingebracht; sie fangen an, die Hinfälligkeit des Fleisches zu empfinden, den einen zwickt es hier, den andern dort. Aber sie reisen, wenn der Sommer gekommen ist, nicht ins Bad, sie reisen zum Feste. Der eidgenössische Festwein ist der Gesundbrunnen, der ihr Herz erfrischt; das sommerliche Bundesleben ist die Luft, die ihre alten Nerven stärkt, der Wellenschlag eines frohen Volkes ist das Seebad, welches ihre steifen Glieder wieder lebendig macht. Ihr werdet ihre weißen Köpfe alsobald untertauchen sehen in dieses Bad! So gebt uns nun, liebe Eidgenossen, den Ehrentrunk! Es lebe die Freundschaft im Vaterlande! Es lebe die Freundschaft in der Freiheit!"

„Sie lebe hoch! Bravo!" schallte es in die Runde und der Empfangsredner erwiderte die Ansprache und begrüßte die eigentümliche und sprechende Erscheinung der Alten. „Ja", schloß er, „mögen unsere Feste nie etwas Schlechteres werden, als eine Sittenschule für die Jungen, der Lohn eines reinen öffentlichen Gewissens und erfüllter Bürgertreue und ein Verjüngungsbad für die Alten! Mögen sie eine Feier bleiben unverbrüchlicher und lebendiger Freundschaft im Lande von Gau zu Gau und von Mann zu Mann! Euer, wie ihr ihn nennt, namen- und statutenloser Verein, ehrwürdige Männer, lebe hoch!"

Abermals wurde das Lebehoch ringsum wiederholt und unter allgemeinem Beifall das Fähnchen zu den übrigen auf die Zinne gesteckt. Hierauf schwenkte das Trüppchen der Sieben ab und stracks nach der großen Festhütte, um dort sich durch ein gutes Frühstück zu erholen, und kaum waren sie angelangt, so schüttelten alle ihrem Redner die Hand und riefen: „Wie aus unserm Herzen gesprochen! Hediger, Chäppermann! Das ist gutes Holz an deinem Buben, der wird gut, laß ihn nur machen! Grad wie wir, nur gescheiter, wir sind alte Esel; aber unentwegt geblieben, nur fest, Karl!" u. s. f.

Frymann aber war ganz verblüfft; der Junge hatte gerade gesagt, was ihm selbst hätte einfallen sollen, statt sich mit den Jesuiten herumzuschlagen. Auch er gab Karl freundschaftlich die Hand und dankte ihm für die Hülfe in der Not. Zuletzt trat der alte Hediger zu seinem Sohne, nahm ebenfalls seine Hand, richtete scharf und fest sein Auge auf ihn und sagte:

„Sohn! Eine schöne, aber gefährliche Gabe hast du verraten! Pflege sie, baue sie, mit Treue, mit Pflichtgefühl, mit Bescheidenheit! Nie leihe sie dem Unechten und Ungerechten, dem Eiteln und dem Nichtigen! Denn sie kann wie ein Schwert werden in deiner Hand, das sich gegen dich selbst kehrt oder gegen das Gute, wie gegen das Schlechte; sie kann auch eine bloße Narrenpritsche werden. Darum gradaus gesehen, bescheiden, lernbegierig, aber fest, unentwegt! Wie du uns heute Ehre gemacht hast, so denke stets daran, deinen Mitbürgern, deinem Vaterland Ehre zu machen, Freude zu machen; an dies denke, und du wirst am sichersten vor falscher Ehrsucht bewahrt bleiben! Unentwegt! Glaube nicht immer sprechen zu müssen, laß manche Gelegenheit vorbeigehen und sprich nie um deinetwillen, sondern immer einer erheblichen Sache wegen! Studiere die Menschen nicht, um sie zu überlisten und auszubeuten, sondern um das Gute in ihnen aufzuwecken und in Bewegung zu setzen, und glaube mir: viele, die dir zuhören, werden oft besser und klüger sein als du, der da spricht. Wirke nie mit Trugschlüssen und kleinlichen Spitzfindigkeiten, mit denen man nur die Spreuer bewegt; den Kern des Volkes rührst du nur mit der vollen Wucht der Wahrheit um. Darum buhle nicht um den Beifall der

Lärmenden und Unruhigen, sondern sieh auf die Gelassenen und Festen, unentwegt!“

Kaum hatte er diese Rede geendigt und Karls Hand losgelassen, so ergriff sie schnell Frymann und sagte:

„Gleichmäßig bilde deine Kenntnisse aus und bereichere deine Grundlagen, daß du nicht in leere Worte verfallest! Nach diesem ersten Anlaufe laß nun eine geraume Zeit verstreichen, ohne an dergleichen zu denken! Wenn du einen glücklichen Gedanken hast, so sprich nicht, nur um diesen anzubringen, sondern lege ihn zurück; die Gelegenheit kommt immer wieder, wo du ihn reifer und besser verwenden kannst. Nimmt dir aber ein anderer diesen Gedanken vorweg, so freue dich darüber, statt dich zu ärgern; denn es ist ein Beweis, daß du das Allgemeine gefühlt und gedacht hast. Bilde deinen Geist und überwache deine Gemütsart und studiere an andern Rednern den Unterschied zwischen einem bloßen Maulhelden und zwischen einem wahrhaftigen und gemütreichen Mann! Reise nicht im Lande herum und laufe nicht auf allen Gassen, sondern gewöhne dich, von der Veste deines Hauses aus und inmitten bewährter Freunde den Weltlauf zu verstehen; dann wirst du mit mehr Weisheit zur Zeit des Handelns auftreten, als die Jagdhunde und Landläufer. Wenn du sprichst, so sprich weder wie ein witziger Hausknecht, noch wie ein tragischer Schauspieler, sondern halte dein gutes natürliches Wesen rein und dann sprich immer aus diesem heraus. Ziere dich nicht, wirf dich nicht in Positur, blick, bevor du beginnst, nicht herum wie ein Feldmarschall oder gar die Versammlung belauernd! Sag nicht, du seist nicht vorbereitet, wenn du es bist; denn man wird deine Weise kennen und es sogleich merken; und wenn du gesprochen hast, so geh nicht herum, Beifall einzusammeln, strahle nicht von Selbstzufriedenheit, sondern setze dich still an deinen Platz und horche aufmerksam dem folgenden Redner. Die Grobheit spare wie Gold, damit, wenn du sie in gerechter Entrüstung einmal hervorkehrst, es ein Ereignis sei und den Gegner wie ein unvorgesehener Blitzstrahl treffe! Wenn du aber denkst, je wieder mit einem Gegner zusammen zu gehen und gemeinsam mit ihm zu wirken, so hüte dich davor, ihm im Zorne das Äußerste zu sagen, damit das Volk nicht rufe: Pack schlägt sich, Pack verträgt sich!“

Also sprach Frymann, und der arme Karl saß ob all den Reden erstaunt und verdonnert und wußte nicht, sollte er lachen oder sich aufblasen. Aber Syfrig der Schmied rief:

„Da seht nun diese zwei, die nicht für uns sprechen wollten und nun wieder reden, wie die Bücher!“

„So ist es!“ sagte Bürgi, „aber wir haben dadurch einen neuen Zuwachs bekommen, einen kräftigen jungen Schößling getrieben! Ich beantrage, daß der Junge in unsern Kreis der Alten aufgenommen werde und fortan unsern Sitzungen beiwohne!“

„Also sei es!“ riefen alle und stießen mit Karl an; der leerte etwas unbesonnen sein volles Glas, was ihm jedoch die Alten in Betracht der aufgeregten Stunde hingehen ließen, ohne zu murren.

Nachdem die Gesellschaft sich durch das Frühstück hinlänglich von ihrem Abenteuer erholt, zerstreute sie sich. Die einen gingen, ein paar Schüsse zu probieren, die andern den Gabensaal und die übrigen Einrichtungen zu besehen, und Frymann ging, seine Tochter und die Frauen zu holen, bei denen sie zu Gast war; denn zum Mittagessen wollten sich alle wieder an dem Tische finden, der ziemlich in der Mitte der Halle und im Bereich der Tribüne gelegen war. Sie merkten sich die Nummer und gingen höchst wohlgemut und aller Sorgen ledig auseinander.

Genau um zwölf Uhr saß die Tischgesellschaft von einigen tausend Köpfen, welche jeden Tag andere waren, am gedeckten Tische. Landleute und Städter, Männer und Weiber, Alte und Junge, Gelehrte und Ungelehrte, alle saßen fröhlich durcheinander und harrten auf die Suppe, indem sie die Flaschen entkorkten und das Brot anschnitten. Nirgends blickte ein hämisches Gesicht, nirgends ließ sich ein Aufschrei oder ein kreischendes Gelächter hören, sondern nur gleichmäßig verbreitet das hundertfach verstärkte Gesumme einer frohen Hochzeit, der gemäßigte Wellenschlag einer in sich vergnügten See. Hier ein langer Tisch voll Schützen, dort eine blühende Doppelreihe von Landmädchen, am dritten Tisch eine Zusammenkunft sogenannter alter Häuser aus allen Teilen des Landes, die das Examen endlich überstanden hatten, und am vierten ein ganzes ausgewandertes Städtlein, Männer und Frauen durcheinander. Doch diese sitzenden Heerscharen bildeten nur die Hälfte der Versammlung; ein ununterbrochener Menschenzug, ebenso zahlreich, strömte als Zuschauer durch die Gänge und Zwischenräume und umkränzte, ewig wandelnd, die Essenden. Es waren, Gott sei Preis und Dank, die Vorsichtigen und Sparsamen, die sich die Sache berechnet und anderswo für noch weniger Geld gesättigt hatten, die Nationalhälfte, welche alles billiger und enthaltsamer bewerkstelligt, während die andere so schrecklich über die Schnur haut; ferner die Allzuvornehmen, die der Küche nicht trauten und denen die Gabeln zu schlecht waren, und endlich die Armen und die Kinder, welche unfreiwillig zuschauten. Aber jene machten keine schlechte Bemerkungen und diese zeigten weder zerrissene Kleider noch böse Blicke; sondern die Vorsichtigen freuten sich über die Unvorsichtigen, der Vornehmling, welchem die Schüsseln voll grüner Erbsen im Juli zu lächerlich waren, ging ebenso wohlgesinnt einher, wie der Arme, dem sie verführerisch in die Nase dufteten. Hie und da freilich zeigte sich ein sträflicher Eigennutz, indem es etwa einem filzigen Bäuerlein gelang, unbesehens einen verlassenen Platz einzunehmen und frischweg mit zu essen, ohne bezahlt zu haben; und was noch schlimmer war für ordnungsliebende Augen, es entstand deswegen nicht einmal ein Wortwechsel und ein Hinauswerfen.

Der oberste Festwirt stand vor dem weiten Küchentor und blies auf einem Jagdhörnchen das Zeichen zum Auftragen eines Gerichtes, worauf eine Kompanie Aufwärter hervorbrach und sich mit künstlich eingeübter Schwenkung rechts, links und geradeaus zerstreute. Einer derselben fand seinen Weg zu dem Tische, an welchem die Aufrechten und Festen saßen, unter ihnen Karl, Hermine und ihre Freundinnen, Basen oder was sie sein mochten. Die Alten horchten eben eifrig auf einen Hauptredner, der die Tribüne bestiegen, nachdem der Tambour einen kräftigen Wirbel geschlagen. Ernst und gesammelt saßen sie, mit weggelegter Gabel, steif und aufrecht, alle sieben Köpfe nach der Tribüne gewendet. Aber sie erröteten wie junge Mädchen und sahen einander an, als der Redner mit einer Wendung aus Karls Rede begann, die Erscheinung der sieben Greise erzählte und hieran seine eigene Rede knüpfte und ausführte. Nur Karl hörte nichts; denn er scherzte leise mit den Frauen, bis ihn sein Vater anstieß und seine Mißbilligung ausdrückte. Als der Redner unter großem Beifall geendigt, sahen sich die Alten abermals an; sie hatten schon vielen Versammlungen beigewohnt, aber zum ersten Mal waren sie selbst der Gegenstand einer Rede geworden, und sie wagten nicht, sich umzuschauen, so verschämt waren sie, wenn auch überglücklich. Aber wie es der Weltlauf ist, ihre Nachbarn ringsum kannten sie nicht und ahnten nicht, was sich für Propheten in ihrer Nähe befanden, und so wurde ihre Bescheidenheit nicht beleidigt. Um so zufriedener drückten sie einander die Hände, nachdem sie jeder sachte für sich gerieben, und ihre Augen sagten: Nur unentwegt! Das ist der süße Lohn für Tugend und andauernde Vortrefflichkeit!

Worauf Kuser rief: „Nun, diesen Spaß haben wir unserm Meister Karl zu verdanken! Ich glaube doch, wir werden ihm schließlich Bürgis Himmelbett zusprechen und ihm eine gewisse Puppe drein legen müssen! Was meinst du, Daniel Frymann?“ — „Ich fürchte auch“, sagte Pfister, „daß er mir mein Schweizerblut abkaufen muß und seine Wette verliert.“

Doch Frymann runzelte plötzlich die Stirn und sprach: „Ein gutes Mundwerk wird nicht gleich mit einem Weibe bezahlt! Wenigstens in meinem Hause gehört noch eine gute Hand dazu! Laßt uns, ihr Freunde, den Scherz nicht auf ungehörige Dinge ausdehnen!“

Karl und Hermine waren rot geworden und schauten verlegen in das Volk hinaus. Da ertönte der Kanonenschuß, der den Wiederbeginn des Schießens verkündigte und auf den eine lange Reihe von Schützen, die Büchse in der Hand, gewartet hatte. Augenblicklich knallte es wieder auf der ganzen Linie; Karl erhob sich vom Tisch, sagte, nun wolle er sein Glück auch versuchen, und begab sich nach dem Schießstande. „Und ich will ihm wenigstens zusehen, wenn ich ihn auch nicht bekommen soll!“ rief Hermine scherzend und ging ihm nach, begleitet von den Freundinnen.

Doch geschah es, daß die Frauenzimmer sich in der Menge aus den Augen gerieten und Hermine zuletzt mit Karl allein blieb und getreulich mit ihm zog von Scheibe zu Scheibe. Er begann am äußersten Ende, wo kein Gedränge war, und schoß ohne sonderlichen Ernst zwei oder drei Treffer gleich hintereinander. Nach Herminen sich umwendend, die hinter ihm stand, sagte er lachend: „Ei das geht ja gut!“ Sie lachte auch, aber nur mit den Augen, mit dem Munde sagte sie ernsthaft: „Du mußt einen Becher gewinnen!“ „Das geht nicht“, antwortete Karl, „um fünfundzwanzig Nummern zu schießen, müßte ich wenigstens fünfzig Schüsse tun, und ich habe gerade nur fünfundzwanzig bei mir." — „Ei", sagte sie, „es gibt ja genug Pulver und Blei hier zu kaufen!"

„Das will ich aber nicht, da käme mir der Becher mit dem Schußgeld teuer zu stehen! Manche verpuffen allerdings mehr Geld, als der Gewinn beträgt, aber ein solcher Narr bin ich nicht."

„Du bist ja hübsch grundsätzlich und haushälterisch", sagte sie beinahe zärtlich, „das gefällt mir! Aber das ist erst recht gut, wenn man mit wenigem so viel ausrichtet, wie andere mit ihren weitläufigen Anstalten und ihren schrecklichen Anstrengungen! Darum nimm dich zusammen und mach es mit den fünfundzwanzig Kugeln! Wenn ich ein Schütz wäre, so wollt' ich es schon zwingen!"

„Nie, es kommt gar nicht vor, du Närrin!"

„Drum seid ihr eben Sonntagsschützen! Aber so fange nur endlich wieder an und probier's!"

Er tat einen weiteren Schuß und hatte wieder eine Nummer und dann noch eine. Wieder sah er Herminen an, und sie lachte noch mehr mit den Augen und sagte noch ernsthafter: „Siehst du? Es geht doch, jetzt fahre fort." Unverwandt sah er sie an und konnte den Blick kaum wegwenden, denn noch nie hatte er ihre Augen so gesehen; es glühte etwas Herbes und Tyrannisches mitten in der lachenden Süßigkeit ihres Blickes, zwei Geister sprachen beredt aus seinem Glanze: der befehlende Wille, aber mit ihm verschmolzen die Verheißung des Lohnes und aus der Verschmelzung entstand ein neues geheimnisvolles Wesen. Tu mir den Willen, ich habe dir mehr zu geben, als du ahnst! sagten diese Augen, und Karl schaute fragend und neugierig hinein, bis sie sich verstanden mitten im Geräusch und Gebrause des Festes. Als er seine Augen in diesem Glanze gesättigt, wandte er sich wieder, zielte ruhig und traf abermals. Jetzt fing es ihm selbst an möglich zu scheinen; doch weil sich Leute um ihn zu sammeln begannen, ging er weg und suchte einen ruhigeren und einsameren Stand, und Hermine folgte ihm. Dort schoß er wiederum einige Treffer, ohne einen Schuß vergeblich zu tun; und so fing er an, die Kugeln bedächtlich wie Goldstücke zu behandeln, und jede begleitete Hermine mit geizigen leuchtenden Blicken, eh' sie im Laufe verschwand; Karl aber, eh' er zielte, ohne Hast noch Unruhe, schaute jedesmal dem schönen Wesen ins Gesicht. So oft sein Glück auffiel und die Leute sich um ihn sammelten, ging er weiter vor eine andere Scheibe; auch steckte er die erhaltenen Zettel nicht auf den Hut, sondern gab sie seiner Begleiterin zum Aufbewahren; die hielt das ganze Büschel und nie hatte ein Schütz einen schöneren Nummernhalter besessen. So erfüllte er in der Tat ihren Wunsch und brachte nach und nach die fünfundzwanzig Schüsse so glücklich an, daß nicht einer außerhalb des vorgeschriebenen Kreises einschlug.

Sie überzählten die Karten und fanden das seltene Glück bestätigt. „Das habe ich e i n Mal gekonnt und werde es in meinem Leben nicht wieder machen!" sagte Karl; „item, das hast du mit deinen Augen bewirkt. Es nimmt mich nur wunder, was du noch alles damit durchzusetzen gedenkst!"

„Das mußt du abwarten!“ erwiderte sie und lachte jetzt auch mit dem Munde. „Geh jetzt zu den Alten“, sagte er, „und bitte sie, sie möchten mich aus dem Gabensaal abholen, damit ich ein Geleit habe, da sonst niemand bei mir ist, oder willst du mit mir marschieren?“ — „Ich hätte fast Lust“, sagte sie, ging aber doch eilig davon.

Die Alten saßen in tiefen und fröhlichen Gesprächen; das Volk in der Hütte hatte sich zum größten Teil verändert; sie aber hielten fest an ihrem Tische und ließen das Leben um sich wogen. Lachend trat Hermine zu ihnen und rief: „Ihr sollt den Karl abholen, er hat einen Becher!“

„Wie, was?“ riefen sie und brachen in Jubel aus; „so treibt er's?“ — „Ja“, sagte ein Bekannter, der eben herzutrat, „und zwar hat er den Becher mit fünfundzwanzig Schüssen gewonnen, das kommt nicht alle Tage vor! Ich habe das Pärchen beobachtet, wie sie's miteinander gemacht haben!“ Meister Frymann sah erstaunt auf seine Tochter: „Hast du etwa auch geschossen? Ich will nicht hoffen; denn dergleichen Schützinnen nehmen sich gut aus so im ganzen, aber nicht im besonderen.“

„Sei nur zufrieden“, sagte Hermine, „ich habe nicht geschossen, sondern nur ihm befohlen, daß er gut schießen soll!“ Hediger aber erbleichte vor Verwunderung und Genugtuung, daß er einen Sohn haben sollte, redebegabt und berühmt in den Waffen, der mit Handlungen und Taten aus seiner verborgenen Schneiderwohnung hervorträte. Er zog die Pfeifen ein und dachte, da wolle er nichts mehr bevormunden. Doch die Greise brachen nun auf nach dem Gabentempel, wo sie richtig den jungen Helden schon mit dem glänzenden Becher in der Hand und mit den Trompetern auf sie harrend antrafen. Also zogen sie mit ihm nach der Weise eines muntern Marsches in die Hütte, um den Becher zu „verschwellen“, wie man zu sagen pflegt, abermals mit festen kurzen Schrittchen und geballten Fäusten, triumphierend in die Runde blickend. An ihrem Hauptquartier wieder angekommen, füllte Karl den Becher, setzte ihn mitten auf den Tisch und sagte: „Hiemit widme ich diesen Becher der Gesellschaft, damit er stets bei ihrer Fahne bleibe!“

„Angenommen!“ hieß es, der Becher begann zu kreisen und eine neue Lustbarkeit verjüngte die Alten, welche nun schon seit Tagesanbruch munter waren. Die Abendsonne floß unter das unendliche Gebälk der Halle herein und vergoldete Tausende von lustverklärten Gesichtern, während die rauschenden Klänge des Orchesters die Räume erfüllten. Hermine saß im Schatten von ihres Vaters breiten Schultern so bescheiden und still, als ob sie nicht drei zählen könnte. Aber von der Sonne, welche den vor ihr stehenden Becher bestreifte, daß dessen inwendige Vergoldung samt dem Weine aufblitzte, spielten goldene Lichter über ihr rosig erglühtes Gesicht, welche sich mit dem Weine bewegten, wenn die Alten im Feuer der Rede auf den Tisch schlugen; und man wußte dann nicht, ob sie selber lächelte, oder nur die spielenden Lichter. Sie war jetzt so schön, daß sie bald von den umherblickenden jungen Leuten entdeckt wurde. Fröhliche Trupps setzten sich in der Nähe fest, um sie im Auge zu behalten, und es wurde gefragt: „Woher ist sie, wer ist der Alte, kennt ihn niemand?" — „Es ist eine St. Gallerin, es soll eine Thurgauerin sein!" hieß es da; „nein, es sind alles Zürcher an jenem Tisch", hieß es dort. Wo sie hinsah, zogen die lustigen Jünglinge den Hut, um ihrer Anmut die gebührende Achtung zu erweisen, und sie lachte bescheiden, aber ohne sich zu zieren. Als jedoch ein langer Zug Bursche am Tische vorüberging und alle die Hüte zogen, da mußte sie doch die Augen niederschlagen und noch mehr, als unversehens ein hübscher Bernerstudent kam, die Mütze in der Hand, und mit höflichem Freimut sagte, er sei von dreißig Freunden abgesandt, die am vierten Tische von da säßen, ihr mit Erlaubnis ihres Herren Vaters zu erklären, daß sie das feinste Mädchen in der Hütte sei. Kurz, alles machte ihr förmlich den Hof, die Segel der Alten wurden von neuem Triumphe geschwellt, und Karls Ruhm ward durch Herminen beinah verdunkelt. Aber auch er sollte nochmals obenauf kommen.

Denn es entstand ein Geräusch und Gedränge im mittleren Gange, herrührend von zwei Sennen aus dem Entlibuch, die sich durch die Menge schoben. Es waren zwei ordentliche Bären mit kurzen Holzpfeifchen im Munde, die Sonntagsjacken unter den dicken Armen führend, kleine Strohhütchen auf den großen Köpfen und die Hemden auf der Brust mit silbernen Herzschnallen zusammengehalten. Der eine, der voran ging, war ein Kloben von fünfzig Jahren und ziemlich angetrunken und ungebärdig; denn er begehrte mit allen Männern Kraftübungen anzustellen und suchte überall seine klobigen Finger einzuhaken, indem er freundlich oder auch herausfordernd mit den Äuglein blinzelte. So entstand überall vor ihm her Anstoß und Verwirrung. Aber dicht hinter ihm ging der andere, ein noch derberer Gesell von achtzig Jahren mit einem Krauskopf voll kurzer gelber Löcklein, und das war der Herr Vater des Fünfzigjährigen. Der lenkte den Herren Sohn, ohne das Pfeifchen ausgehen zu lassen, mit eiserner Hand, indem er von Zeit zu Zeit sagte: „Büebeli, halt Ruh! Büebeli, sei mir ordentlich!" und ihm dabei die entsprechenden Rücke und Handleitungen erteilte. So steuerte er ihn mit kundiger Faust durch das empörte Meer, bis gerade vor dem Tische der Siebenmänner es eine gefährliche Stockung absetzte, da eben eine Schar Bauern daher kam, welche den Rauflustigen zur Rede stellen und in die Mitte nehmen wollten. In der Furcht, sein Büebeli werde eine große Teufelei anrichten, sah sich der Vater nach einer Zuflucht um und bemerkte die Alten. „Unter diesen Schimmelköpfen wird er ruhig sein!" brummte er vor sich hin, faßte mit der einen Faust den Jungen im Kreuz und steuerte ihn zwischen die Bänke hinein, während er mit der andern Hand rückwärts fächelnd die nachdringenden Gereizten sanft abwehrte; denn der ein' und andere war in aller Schnelligkeit bereits erheblich gezwickt worden.

„Mit Eurer Erlaubnis, Ihr Herren!" sagte der Uralte zu den Alten, „laßt mich hier ein wenig absitzen, daß ich mir dem Büebli noch ein Glas Wein gebe! Er wird mir dann schläfrig und still, wie ein Lämmlein!" Also keilte er sich ohne weiteres mit seinem Früchtchen in die Gesellschaft hinein, und der Sohn schaute wirklich sanft und ehrerbietig umher. Doch sagte er alsobald: „Ich möchte aus dem silbernen Krüglein dort trinken!" — „Bist du mir ruhig oder ich schlage dich ungespitzt in den Erdboden hinein!" sagte der Alte; als ihm aber Hediger den gefüllten Becher zuschob, sagte er: „Nu so denn! Wenn's die Herren erlauben, so trink, aber suf mir nit alles."

„Ihr habt da einen muntern Knaben, Manno!" sagte Frymann, „wie alt ist er denn?" — „Ho", erwiderte der Alte, „er wird mir ums Neujahr herum so zweiundfünfzig werden; wenigstens hat er mir Anno 1798 schon in der Wiege geschrieen, als die Franzosen kamen, mir die Küh' wegtrieben und das Hüttlein anzündeten. Weil ich aber einem Paar davon die Köpfe gegeneinander gestoßen habe, mußte ich flüchten und das Weibli ist mir in der Zeit vor Elend gestorben. Darum muß ich mir das Burschli allein erziehen!"

„Habt Ihr ihm keine Frau gegeben, die Euch hätte helfen können?"

„Nein, bis dato ist er mir noch zu ungeschickt und wild, es tut's nicht, er schlägt alles kurz und klein!"

Inzwischen hatte der jugendliche Taugenichts den würzigen Becher ausgetrunken, ohne einen Tropfen darin zu lassen. Er stopfte sein Pfeifchen und blinzelte gar vergnügt und friedlich im Kreis umher. Da entdeckte er die Hermine und der Strahl weiblicher Schönheit, der von ihr ausging, entzündete plötzlich in seinem Herzen wieder den Ehrgeiz und die Neigung zu Kraftäußerungen. Als sein Auge zugleich auf Karl fiel, der ihm gegenüber saß, streckte er ihm einladend den gekrümmten Mittelfinger über den Tisch hin.

„Halt inn', Burschli! reit' dich der Satan schon wieder?" schrie der Alte ergrimmt und wollte ihn am Kragen nehmen; Karl aber sagte, er möchte ihn nur lassen, und hing seinen Mittelfinger in denjenigen des Bären, und jeder suchte nun den andern zu sich herüber zu ziehen. „Wenn du mir dem Herrlein weh tust oder ihm den Finger ausrenkst", sagte der Alte noch, „so nehm' ich dich bei den Ohren, daß du es drei Wochen spürst!" Die beiden Hände schwebten nun eine geraume Zeit über der Mitte des Tisches; Karl vergaß bald das Lachen und wurde purpurrot im Gesicht; aber zuletzt zog er allmählig den Arm und den Oberkörper seines Gegners merklich auf seine Seite und damit war der Sieg entschieden.

Ganz verdutzt und betrübt sah ihn der Entlibucher an, fand aber nicht lange Zeit dazu; denn der über seine Niederlage nun doch erboste Uralte gab ihm eine Ohrfeige, und beschämt sah der Sohn nach Herminen; dann fing er plötzlich an zu weinen und rief schluchzend: „Und ich will jetzt einmal eine Frau haben!" — „Komm, komm!" sagte der Papa, „jetzt bist du reif fürs Bett!" Er packte ihn unter dem Arm und trollte sich mit ihm davon.

Nach dem Abzug dieser wunderlichen Erscheinung trat eine Stille unter die Alten, und alle wunderten sich abermals über Karls Werke und Verrichtungen.

„Das kommt lediglich vom Turnen", sagte er bescheiden, „das gibt Übung, Kraft und Vorteil zu dergleichen Dingen, und fast jeder kann sie sich aneignen, der nicht von der Natur vernachlässigt ist."

„Es ist so!" sagte Hediger, der Vater, nach einigem Nachdenken, und fuhr begeistert fort: „Darum preisen wir ewig und ewig die neue Zeit, die den Menschen wieder zu erziehen beginnt, daß er auch ein Mensch wird, und die nicht nur dem Junker und dem Berghirt, nein, auch dem Schneiderskind befiehlt, seine Glieder zu üben und den Leib zu veredeln, daß es sich rühren kann!"

„Es ist so!" sagte Frymann, der ebenfalls aus einem Nachdenken erwacht war, „und auch wir haben alle mitgerungen, diese neue Zeit herbeizuführen. Und heute feiern wir, was unsre alten Köpfe betrifft, mit unsrem Fähnlein den Abschluß, das ‚Ende Feuer!' und überlassen den Rest den Jungen. Nun hat man aber nie von uns sagen können, daß wir starrsinnig auf Irrtum und Mißverständnis beharrt seien! Im Gegenteil, unser Bestreben ging dahin, immer dem Vernunftgemäßen, Wahren und Schönen zugänglich zu bleiben; und somit nehme ich frei und offen meinen Ausspruch in Betreff der Kinder zurück und lade dich ein, Freund Chäpper, ein Gleiches zu tun! Denn was könnten wir zum Andenken des heutigen Tages Besseres stiften, pflanzen und gründen, als einen lebendigen Stamm, hervorgewachsen recht aus dem Schoße unserer Freundschaft, ein Haus, dessen Kinder die Grundsätze und den unentwegten Glauben der sieben Aufrechten aufbewahren und übertragen? Wohlan denn, so gebe der Bürgi sein Himmelbett her, daß wir es aufrüsten! Ich lege hinein die Anmut und weibliche Reinheit, du die Kraft, die Entschlossenheit und Gewandtheit, und damit vorwärts, weil sie jung sind, mit dem aufgesteckten grünen Fähnlein! Das soll ihnen verbleiben und sie sollen es aufbewahren, wenn wir einst aufgelöst sind! So leiste nun nicht länger Widerstand, alter Hediger, und gib mir die Hand als Gegenschwäher!"

„Angenommen!" sagte Hediger feierlich, „aber unter der Bedingung, daß du den Jungen keine Mittel zur Einfältigkeit und herzlosen Prahlerei aushingibst! Denn der Teufel geht um und sucht, wen er verschlinge!"

„Angenommen!" rief Frymann, und Hediger: „So grüße ich dich denn als Gegenschwäher, und das Schweizerblut mag zur Hochzeit angezapft werden!"

Alle Sieben erhoben sich jetzt, und unter großem Hallo wurden Karls und Hermines Hände ineinander gelegt.

„Glück zu! Da gibt's eine Verlobung, so muß es kommen!" riefen einige Nachbaren, und gleich kamen eine Menge Leute mit ihren Gläsern herbei, mit den Verlobten anzustoßen. Wie bestellt fiel auch die Musik ein; aber Hermine entwand sich dem Gedränge, ohne jedoch Karls Hand zu lassen, und er führte sie aus der Hütte hinaus auf den Festplatz, der bereits in nächtlicher Stille lag. Sie gingen um die Fahnenburg herum, und da niemand in der Nähe war, standen sie still. Die Fahnen wallten geschwätzig und lebendig durcheinander, aber das Freundschaftsfähnchen konnten sie nicht entdecken, da es in den Falten einer großen Nachbarin verschwand und wohl aufgehoben war. Doch oben im Sternenschein schlug die eidgenössische Fahne, immer einsam, ihre Schnippchen, und das Rauschen ihres Zeuges war jetzt deutlich zu hören. Hermine legte ihre Arme um den Hals des Bräutigams, küßte ihn freiwillig und sagte bewegt und zärtlich: „Nun muß es aber recht hergehen bei uns! Mögen wir so lange leben, als wir brav und tüchtig sind und nicht einen Tag länger!"

„Dann hoffe ich lange zu leben, denn ich habe es gut mir dir im Sinn!" sagte Karl und küßte sie wieder; „aber wie steht es nun mit dem Regiment? Willst du mich wirklich unter den Pantoffel kriegen?"

„So sehr ich kann! Es wird sich indessen schon ein Recht und eine Verfassung zwischen uns ausbilden, und sie wird gut sein, wie sie ist!"

„Und ich werde die Verfassung gewährleisten und bitte mir die erste Gevatterschaft aus!" ertönte unverhofft eine kräftige Baßstimme. Hermine reckte das Köpfchen und faßte Karls Hand; der trat aber näher und sah einen Wachtposten der aargauischen Scharfschützen, der im Schatten eines Pfeilers stand. Das Metall seiner Ausrüstung blinkte durch das Dunkel. Jetzt erkannten sich die jungen Männer, die nebeneinander Rekruten gewesen, und der Aargauer war ein stattlicher Bauernsohn. Die Verlobten setzten sich auf die Stufen zu seinen Füßen und erzählten sich was mit ihm wohl eine halbe Stunde, ehe sie zur Gesellschaft zurückkehrten.

Zur Textgeschichte und Textgestaltung

Die Ereignisse in Kellers Erzählung fallen in die Zeit der „versöhnten Gegensätze"; das eidgenössische Freischießen in Aarau im Sommer 1849 war das erste nach der Vereinigung des Landes zum Bundesstaat unter der Verfassung von 1848, mit der die politische Bewegung ihren Abschluß fand, die die Französische Revolution auch in der Schweiz ausgelöst hatte.

Die 1860 vollendete Erzählung erschien zuerst als Beitrag in „Berthold Auerbach's deutschem Volks-Kalender auf das Jahr 1861" und fand dann 1877/78 ihren Platz im 2. Band der „Züricher Novellen", deren Entstehung sie anregte.

In der 1926 von Jonas Fränkel begonnenen kritischen Ausgabe von Kellers Sämtlichen Werken sind die „Züricher Novellen" 1944/45 in Bern als 9. und 10. Band in der Bearbeitung von Carl Helbling erschienen.

Den Text dieser Ausgabe haben wir unserer Leseheft-Ausgabe des „Fähnleins der sieben Aufrechten" zugrunde gelegt.

Auch die Sacherklärungen dieser Ausgabe haben wir in unseren Anmerkungen dankbar benutzt.

ANMERKUNGEN

Die Ziffern vor den Anmerkungen bezeichnen die Seiten.

1 Squatter (englisch). Ansiedler in Nordamerika. Hinterwäldler.
„Der schweizerische Republikaner". Seit 1839 das Organ der liberal-demokratischen Partei.
Folioband. Buchformat in der Größe eines halben Bogens.
Rotteck. Karl von Rotteck (1775—1840). Professor in Freiburg und Verfasser einer bekannten „Allgemeinen Weltgeschichte".
Johannes von Müller (1752—1809). Bekannt durch seine „Geschichten Schweizerischer Eidgenossenschaft".
Karikatur (italienisch). Zerrbild.
Pamphlet (englisch, nach dem Eigennamen aus einem Buchtitel). Flugschrift, Schmähschrift.
Zwingli. Ulrich Zwingli (1484—1531), einer der großen Schweizer Reformatoren.
Hutten. Ulrich von Hutten (1488—1523). Anhänger Luthers und Kämpfer für Geistes- und Glaubensfreiheit.
Washington (1732—1792). Der Feldherr des nordamerikanischen Unabhängigkeitskrieges wird 1788 der erste Präsident der Vereinigten Staaten.
Robespierre (1758—1794). Einer der Führer der Französischen Revolution; seine Schreckensherrschaft endet mit seiner Hinrichtung.
Ordonnanzflinte. Die Waffe, die jeder Schweizer bereit hat, wenn die Ordonnanz (Befehl) ihn ruft.
Jesuit. Angehöriger der 1534 gegründeten „Gesellschaft Jesu".

2 Drillplatz. Exerzierplatz. Drill = Drehung, Wendung.
Stutzer. Die „gestutzte", also kürzere Büchse der Scharfschützen.

3 Studel (süddeutsch.) Stütze, Unterlage.
Klauenfett. Dünnflüssiges Öl, gewonnen aus dem Beinknochenmark von Rindern und Pferden.
Heller. Münze von geringem Wert; erster Prägeort: Schwäbisch-Hall.
Perspektiv (lateinisch, französisch). Fernrohr.

4 Schifflände. Schiffslandeplatz.
Industriöser Schnickschnack. Häßliche, unter dem Einfluß der Industrie entstandene Neubauten.

5 Polier. Obergeselle der Zimmerleute und Maurer; frz. parlier = Sprecher.

7 Gemeine Herrschaften. Zu der alten Eidgenossenschaft der 13 Orte, die bis 1798 bestand, gehörten die zugewandten Orte und die gemeinen Herrschaften (die einem oder mehreren Orten untertan waren).
Weibel (alem.). Amtsbote; noch gebräuchlich in Feldwebel.

8 Krösus. Sagenhafter König von Lydien, berühmt wegen seines Reichtums.

10 Ruedi. Schweizer Koseform für Rudolf; ebenso: Chüeri = Konrad, Lienert = Leonhard, Chäpper = Kaspar.

11 Niessbrauch. Nutzung, Genuß, Gebrauch.

12 Der ewige Jude. Ahasver, der nach der Legende Christus von der Schwelle seines Hauses zurückwies; dafür muß er ruhelos bis zum jüngsten Tag umherwandern.

13 Pröbeln. Erproben, herumprobieren.

16 Bäuerin mit dem Milchtopf. Figur aus einer Fabel von Lafontaine, die auf dem Wege zum Markt von einer schönen Zukunft träumt und dabei den Milchtopf zerbricht.
Subskriptionsliste (lateinisch). Spendenliste zum Unterschreiben.

17 Muskateller. Weinsorte von würzigem Geschmack.
Schubiack (niederdeutsch). Schuft, Lump.

18 Der bekannte Spinnerkönig. Ein Oberst Heinrich Kunz (1793 bis 1856), der in der Ostschweiz große Baumwollspinnereien besaß.

19 Konsignieren (lateinisch, französisch). Anweisung erteilen; hier: abordnen.

21 Unterinstruktor (lateinisch). Ausbilder, Unteroffizier.
Schnapphahn. Raubritter, Strauchdieb.
Bauernfilz. Nach seiner Kleidung aus grobem Tuch hieß der Bauer im Mittelalter vilz; später bezeichnete Filz den bäuerlichen Geizhals.
Famulus (lateinisch). Diener.
Philister (hebräisch). Bezeichnet in der Studentensprache den Spießbürger.

23 Jager. Leichtes spitzbordiges Ruderboot.

24 Gravitätisch (lateinisch). Ernst, feierlich, würdevoll.
Praktikus. Lebenstüchtiger Geschäftsmann.

26 Patron (lateinisch). Eigentlich: Schutzherr. Hier verächtlich: Bursche.
Splendid (lateinisch). Freigebig.
Pokulieren (lateinisch). Trinken, zechen, bechern. Vgl. Pokal.
Elysium (griechisch). Aufenthaltsort der Seligen.

27 Trabant. Begleiter.
Weidmesser, Weidsack. Seitengewehr und Brotbeutel der Jäger und Schützen.
Runde. Der aufsichtsführende Offizier auf seinem Rundgang.

28 Genius (lateinisch). Schutzgeist, Geist.
Hüpli, Haffleten ... Hüpli: ein zusammengerolltes Gebäck; Offleten: ein flaches, durch eine Form bedrucktes Gebäck; Gleichschwer: Gebäck aus Bestandteilen von gleichem Gewicht; Pfaffenmümpfel: gefülltes Zuckerbackwerk von der Form eines dreizipfeligen Hutes (Mümpfel = Mundvoll); Gugelhupf: Hoher, oben runder Hefekuchen mit Rosinen.

29 Musjö. Vom französischen monsieur = Herr. Hier spöttisch gemeint.

31 Die Zöpfe. Bezeichnet hier Gegner der Demokraten, die an den alten Einrichtungen und an der alten Zopftracht festhielten.

34 Contrerevolution (französisch). Gegenrevolution.
Reaktion (lateinisch, französisch). Rückschlag, Rückschritt.
Gelbschnabel. Bezeichnet ursprünglich den jungen Vogel nach seinem gelben Schnabel.

35 Theologie (griechisch). Gottesgelehrtheit.

36 Eisfirne. Berggipfel mit ewigem Schnee; Firnschnee: eigentlich vorjähriger Schnee.
Zweierlei Basler. Seit 1833 ist Basel aufgeteilt in die beiden Halbkantone: Basel-Stadt und Basel-Land.

38 Positur (lateinisch). Haltung.

39 Über die Schnur hauen. Das Maß überschreiten. Der Zimmermann bezeichnet durch eine Schnur, wie weit er seinen Balken zu behauen hat.

41 Sonntagsschütze. Einer, der nur sonntags seine Flinte benutzt, und daher nur selten etwas trifft.
Item (lateinisch). Ebenso, ferner.

42 Verschwellen. Einen Becher mit einem Umtrunk einweihen.

43 Senne. Schweizer Hirt, der während des Sommers das Vieh auf den Bergwiesen weidet.
Entlibuch. Ein Tal an der Entle im Kanton Luzern.

44 Anno 1798 (lateinisch) Im Jahre 1798. Damals brach auch in der Schweiz die Herrschaft der Standesherren zusammen. Der Versuch ihrer Wiederherstellung scheitert. Die Bundesverfassung von 1848 sichert die neue Ordnung.

45 Der Teufel geht um ... Vergleiche: 1. Brief Petri, 5, 8.